出発
DEPARTURE
乗口

~月のウサギの銀の箱舟~
Kaguya
鴨志田 一
イラスト●葵久美子

contents

デザイン●T

春。

桜の開花にあわせて、人の頭もピンク色に染まる。

「わ、わたし……前から、キョウ先輩《せんぱい》のことが……」

潤《うる》んだ瞳《ひとみ》。

朱色《しゆいろ》に染まった頬《ほお》。

胸元に当てた両手。

緊張《きんちよう》に震える唇《くちびる》。

「ず、ずっと、ずっと好きでした！　わたしと付き合ってください」

場所は学校の屋上。

青空が見下ろしている。

すがすがしいまでの告白だった。

少しの間をあけて、返事はあった。

「つかさのことは好きだけど、付き合うのは難しいかな」

「ど、どうしてですか」

「どうしてって言われても」

序章

「年下は嫌いですか？　寝相《ねぞう》が悪いからですか？　キョウ先輩のイチゴ牛乳、無断で飲んだからですか？　悪いところは全部直します。だから、だから……」

言葉を続けるうちに、ぼろぼろと涙が零《こぼ》れ出す。

「そうじゃなくてさ……って、お前か、イチゴ牛乳飲んだのは！」

「ご、ごめんなさい」

「いや、別にそれはいいけど」

「ちゃんと理由を言ってください！　じゃないとわたし、あきらめきれません！」

すがるような目が訴えかけていた。

仕方がないかと、大きく息が吐き出された。それは少しだけ、ため息に似ている。

お互いが覚悟《かくご》を決めるだけの間をあけて、最後の勧告《かんこく》はなされた。

「あたしたち、女同士《どうし》だし」

うららかな春の空の下、やけに乾いた風が流れた。

全部がどうでもよくなるような風だった。

「大丈夫《だいじょうぶ》です！　私、どんな険しい道だってキョウ先輩とだったら」

「ごめん……あたしにその根性《こんじょう》はない」

「う、う……キョウ先輩の……キョウ先輩の……」

ぽたぽたと落ちる大粒《おおつぶ》の涙が、屋上を濡《ぬ》らしていく。

「ばかー!」

そう言って、恋する乙女《おとめ》は猛《もう》ダッシュで走り去る。

「でも好きです! 大好きです!」

思いのたけをぶちまけながら。

がたんと大きな音を立てて、屋上の扉《とびら》が開いては閉まった。

こうして、突然《とつぜん》始まった告白劇《げき》の幕は下りた。

「あ~、緊張《きんちょう》した……」

その声は、貯水《ちょすい》タンクの裏側から聞こえてきた。

ひとりの男子生徒が、タンクに寄りかかって脱力《だつりょく》している。

名前は真田宗太《さなだそうた》。この月乃宮《つきのみや》高等学校の生徒で、この春から二年になる。

昼寝《ひるね》でもしようと思ってやってきた屋上で、先ほどの告白劇を、偶然にも一部始終目撃《しじゅうもくげき》するはめになった。

「う~、ったく、告白するなら、誰かいないか確認くらいしてほしいよな」

はあ、と再び全身の力を抜くと、タンクを枕《まくら》に寝そべった。

時折《ときおり》吹く風は、適度に涼《すず》しくて、絶好《ぜっこう》の昼寝日和《びより》だった。

「今日も世の中は平和だな」

平和といえば平和。

退屈《たいくつ》と言い換えることもできる平和。

「何やってんだろうな、僕は……」

この月乃宮高等学校に来て早一年。

去年と何か変わったことがあるだろうか。学年はひとつあがった。身長もちょっと伸びて、それ相応《そうおう》に体つきもよくなった。少しは大人《おとな》に近づいたのだろう。

だが、学校に来て、授業を受けて、友達と馬鹿話《ばなし》をして、帰宅して、そしてまた翌日《よくじつ》も同じことを繰り返す。

そういうところは何も変わっていない。

（ほんと、何やってんだろうな）

別に死ぬほど毎日が退屈なわけでもない。

けど、充実しているかと聞かれれば、全然していないと答える。

宗太の中には、そうした毎日を過ごすことへの焦りのようなものがあった。ときどき、それをやけに強く実感する。そうなるとひとりになりたくなる。それでまた、余《よ》計《けい》に不安になるのだ。

心の中のもやもやを振り払うように、宗太は首を左右に振った。何か別のことを考えようとすると、さっきの告白劇が脳裏《のうり》に浮かんだ。

「彼女でもいれば、違うのかな」

自分の発言を宗太《そうた》は鼻で笑った。

「ひとりで笑ったり、ひとりでしゃべったり、宗太君って変な趣味《しゅみ》持ってるわね」

突然《とつぜん》聞こえた声に、宗太はうわっと大げさなリアクションをした。

顔を上げると、告白されていた方の女子生徒が側《そば》に立っていた。

悪戯《いたずら》っぽい目が、おかしそうに宗太を見ている。

すらりとした長身で、そのスタイルのよさは制服の上からでもはっきりとわかる。ハイウエストのスカートから飛び出した太ももは、今日までに何人の男子生徒をその気にさせてきたことか。

宗太が座っているおかげで中が見えそうだけど、ぎりぎりで見えない。

「あたし、パンツの安売りはしない主義だから。見たければ、百万ラヴぐらいもってきなさいな」

「なんですか、その単位は」

「あたしを満たす、アイの通貨《つうか》。ちなみに百万ラヴはもうお付き合いもＯＫよ」

「そうですか」

知る必要もないので、宗太は適当な返事で流した。

食いついてこないのが不満だったのか、キョウ先輩《せんぱい》こと片桐京《かたぎりみやこ》は、宗太と同じように足を前に投げ出して座った。

本名は『みやこ』だが、呼びやすさから学校内では皆がキョウ先輩と呼んでいる。月乃宮《つきのみや》高等学校の現《げん》生徒会長でもあり、学校内の人気者だ。

京が座ったことで、整った綺麗《きれい》な顔が、宗太のすぐ真横《まよこ》にやってきた。はっきりした顔立ちは、血統書《しょ》つきの猫のようにどこか品があって、それでいて京の気まぐれな性格をよく表現している。

気まずくなって宗太は正面だけを見た。

「あの、京先輩？」

学校内で、キョウではなくきちんと京と呼ぶのは、宗太くらいのものだ。

「ん？　なに？」

なにやら甘ったるい香りがすると思えば、京はパックのイチゴ牛乳をちゅるちゅると吸っていた。それも五百ミリリットル。

宗太のクラスメイトの浅井《あさい》いわく、キョウ先輩のあのけしからんボディは、大好物のイチゴ牛乳によって作られたもの、であるそうだ。

「あ、飲む？」

差し出されたイチゴ牛乳のストローと、京の桜色《さくらいろ》した唇《くちびる》を、宗太は見比《みくら》べた。

目ざとく気づいた京がにんまりと笑う。

「宗太君の目つきがえっちぃので、今のはなしの方向で」

そう言ってぐいぐいとイチゴ牛乳を飲み干した。

「別にいいですけどね。飲み物なら持参《じさん》してますから」

負けじと宗太《そうた》はポケットから缶コーヒーを取り出す。

ラベルには無糖《むとう》ブラック。ロゴには葉巻《はまき》をくわえたおっさんのシルエット。そして、缶全体《ぜんたい》は黒を基調《きちょう》としている。

大人《おとな》の香りがむんむんと漂っていた。

「甘さのかけらもない悪魔《あくま》の飲み物なんか、飲み物じゃないわよ」

何も言い返さずに宗太は、プルタブを開け、口に運んだ。

次の瞬間《しゅんかん》、情《なさ》けないくらいにむせた。

苦《にが》い。とにかく苦かった。

隣《となり》では京《みやこ》がお腹《なか》を抱えて笑っている。

「大人ぶって無理するからよ」

聞こえてないふりをして、宗太はふた口目《め》を飲んだ。

やはり、苦い。そして、不味《まず》い。

顔《かお》全体を歪《ゆが》めたまま、宗太は無言で一気に飲み干した。

口の中に、最悪の後味《あとあじ》が残っている。それを忘れるために、京に話し掛けた。

「どの辺から聞いてました？　僕の独《ひと》り言《ごと》」

「ん～、緊張《きんちょう》した～ってところから、京先輩《せんぱい》みたいな彼女がほしいな～ってところまでかな」

「人の過去を捏造《ねつぞう》しないでください」

あっけらかんとした京の様子《ようす》から、宗太は覗《のぞ》き見していたことが、最初からばれていたような気がしてきた。そこを責められる前に、別の話題を切り出すことにした。

「それよか、京先輩、こんなとこにいていいんですか？」

「ん～、それをサボってる宗太君が言う？」

「いや、始業式の準備の方じゃなくて、さっきの子」

「あと追いかけて、もう一度、ごめんって言うの？　宗太君ってば残酷《ざんこく》ね。残念だけど、何もしないことが、今あたしにできることかな」

ちょっと罪悪感《ざいあくかん》のあるような顔で、京は笑った。

会話が途《と》切《ぎ》れて、宗太はぼんやりと空を見た。口の中はまだ苦い。

すると、白くて細い指が宗太の額《ひたい》に伸びてきて、やさしく小突《こづ》いた。

「眉間《みけん》にしわよせるの禁止。少しは学校生活を楽しみなさいな。それともあたしが生徒会長様《さま》を務める学校なんかじゃ楽しめないっての？」

「そんなおっかないこと言いませんよ。けど、僕は月乃宮《つきのみや》に遊びに来たわけじゃありません」

「学校とは適度に学んで、大いに遊ぶところよ」

自分の言葉を実践《じっせん》している京のようにはなれない。そんなこと、十六年も生きてくれば嫌でも理解できる。

隣《となり》では京《みやこ》がやれやれと大げさに落胆《らくたん》した。

「そろそろ、京先輩《せんぱい》は始業式の準備に戻った方がいいんじゃないですか？」

「指揮官《しきかん》というものは指示《しじ》だけ出して、ふんぞり返っているものなのだよ」

冗談《じようだん》めかしに、京がけらけらと笑う。

「指揮官が現場を離れちゃまずいでしょ」

「敵前逃亡《てきぜんとうぼう》した兵隊ほどではないわよ？」

京の目が細くなって、獲物《えもの》を見据《みす》えるように宗太《そうた》へと向けられる。向き合っている度胸《どきよう》もなく、宗太はあっさり目を逸《そ》らした。

「あ、逃げた」

敵前逃亡と言われようが知ったことではない。元々、宗太は生徒会の人間でもなければ、ボランティア精神に溢《あふ》れたさわやかな学生でもない。そんな人間が春休みの学校にいるのは、人手《ひとで》不足を理由に、京に連れ出されたからだ。

手伝いを承諾《しようだく》したのはいいが、体育館にちまちまとパイプ椅子《いす》を並べているのが虚《むな》しくなって、トイレに行くと適当なうそをついて抜け出してきた。

「さて、真面目《まじめ》な生徒会長を装っている身としては、そろそろ現場に戻りますかね」

「そうしてください」

「宗太君もいい加減《かげん》戻った方がいいよわ。あんまりトイレが長いと、新学期からトイレにまつわる不名誉《ふめいよ》なあだ名をつけられることになるから」

「小学生じゃあるまいし、誰もつけませんよ」

「あたしがばっちり噂《うわさ》流しておいてあげるよ。トイレだけに」

「上手《うま》いこと言ってるつもりですか」

京はひとりで先に立ち上がると、スカートの埃《ほこり》を払い、さっさと戻ろうとする。途中で何かを思い出したように振り向き、真《ま》っ直《す》ぐに宗太を見た。

「あたしのカンだと、近々、宗太君に何か大きな事件が起こるね」

「なんですか、それ。意味わかりませんよ」

「女のカンを侮《あなど》るもんじゃないのさ」

そう言って京は自然な笑《え》みを見せた。

この月乃宮《つきのみや》に通う、全《ぜん》男子生徒憧《あこが》れの笑顔だった。けど、宗太は京の言葉に気を取られ、幸運な瞬間《しゅんかん》を噛《か》み締めている余裕《よゆう》はなかった。

京はひらひらと手を振って生徒会長としての職務《しょくむ》に戻っていった。

宗太は美味《うま》くもない缶コーヒーの最後の一滴《いってき》を体内に流し込んだ。それから、京よりも数分間だけ余分《よぶん》に屋上の風に当たっていた。

ひとりでいるのも虚《むな》しくなって、宗太も戻ることにした。

一応、戻りがけにトイレに寄り、それから体育館に顔を出した。

始業式の準備はすっかり終わっていた。残っている生徒もすでにまばらで、京《みやこ》が屋上に姿を見せた時点で、完了の目処《めど》は立っていたのだと思えた。

だったら帰ろうかと思ったところを、京に見つかった。サボった罰《ばつ》として、生徒会の雑務《ざつむ》を押しつけられた。

その全部が片付き、解放される頃には、すっかり日が沈んでいた。ライトアップされたケヤキの並木道《なみきみち》を宗太《そうた》はひとり歩く。

京はやることがあるらしく、まだ校内に残っている。帰り道も同じだから、待っていようか迷ったが、もう少しかかるからと追い出された。

とぼとぼとひとりで帰り道を進んだ。

何の変哲《へんてつ》もない、いつも通りの帰り道だった。

そう、てるてる坊主《ぼうず》に出くわすまでは……。

それはマンションまでもう少しというところにいた。

坂道の丁度《ちょうど》てっぺんに立っていた。

白い塊《かたまり》があるなあと、宗太は最初に思った。

次の瞬間《しゅんかん》に、でかいてるてる坊主だと思った。

とりあえず、宗太は見なかったことにすることにした。

目の錯覚《さっかく》かもしれない。まだ若いのに過労《かろう》で目が霞《かす》むとは、この先が不安だなあなどと、馬鹿げたことを考えた。

気を取り直して、宗太は顔を上げた。

残念なことにてるてる坊主はまだいた。錯覚でも、幻《まぼろし》でも、気のせいでもない。

それに、よく見ると坊主ではなかった。

女の子だ。

地面すれすれまで伸びた銀色の髪《かみ》が、月の光を反射していた。

全身は一枚のシーツのようなもので包《つつ》まれている。合わせ目のところを、小さな手がぎゅっと握っていた。

裾《すそ》からはこれまた小さな両足が顔を覗《のぞ》かせている。靴《くつ》も靴下もない。裸足《はだし》のままだ。

見た目の異常さに、宗太はどうするべきか真剣に悩んだ。

てるてる少女。しかも、銀髪《ぎんぱつ》。ということは外人。どう考えても関わるべきではない。

だいたい、宗太は英語が大の苦手《にがて》だ。会話などもってのほか。

宗太はてるてる少女の周囲を確認した。

ドラマのロケかなんかの可能性を考えたが、それらしきスタッフの姿はない。宗太とてるてる少女以外は人の気配《けはい》すらなかった。

だとするなら、これは個人的ないわゆるコスプレなのか。

このご時世《じせい》、秋葉原《あきはばら》に行けば、メイドが街を闊歩《かっぽ》しているのだ。そんな自由な時代なら、てるてる少女がいてもおかしくはない。

おかしくはないが、見た目が怖すぎた。

ホラー映画を思い出す。あの長くて綺麗《きれい》な銀色の髪《かみ》が伸びてきて、人を絞め殺《し》したりするのだろうか。それとも目があっただけで、石にされたりするのだろうか。想像を膨《ふく》らませすぎて、宗太《そうた》は身を震わせた。

そのとき、無意識に宗太の足が地面を滑った。砂利《じゃり》を擦《こす》る耳障《みみざわ》りな音が辺りに響《ひび》く。

「誰……ですか?」

緊張《きんちょう》と警戒《けいかい》の混ざった声だった。

冷《ひ》や汗《あせ》が宗太の背中を流れ落ちていった。

「あ、いや、僕は怪《あや》しいもんじゃない」

怪しいのはむしろ少女の方だ。

「こ、こないでください!」

少女の手が支えを求めるように彷徨《さまよ》う。

ふらふらと、おぼつかない足取りで……。

「わたしに近づくと、大変なことになりますよ」

強烈な拒絶《きょぜつ》だった。

だが、その声はどうにも頼りなくて、なんだか迫力《はくりよく》に欠けた。

よろよろと少女が逃げるように歩き出す。

その足が、シーツのすそを踏んづけた。

危ないと思ったときには遅かった。

「あ、あれ、あれえええ……ぎゃあ！」

奇声《きせい》をあげながら、少女は見事にぶっ倒れた。

ぴくりとも動かない。

予告通り大変なことになった。ただし、少女の方が……。

目の前の状況を把握《はあく》するに連れて、宗太《そうた》の体から緊張《きんちよう》感が消えた。

ゆっくりと恐る恐る、宗太は少女に近づいてみる。

それでも少女は動かない。

「死んだのか」

「……生きてます。精一杯《せいいっぱい》」

鼻を打ったらしく、若干《じゃっかん》涙声《なみだごえ》だった。

他に怪我《けが》をしている様子《ようす》はなかった。

ただ、少女はすぐには立ち上がらずに、落としたコンタクトでも探すように地面をペタペタとさわり出した。

そのときになって、先ほどからの少女の不審《ふしん》な行動のわけに、宗太は気づいた。

「君、もしかして、目が」

見えないのか、という言葉は呑み込んだ。

「え？　わたしのこと……」

少女はきょとんとして、一瞬《いっしゅん》考え事をする。

それから、ゆっくりと立ち上がった。

「知らないということは、わたしを探しに来た人ではないのですか？」

少女は、宗太に背中を向けている。

「ああ、違うけど……たまたま通りかかっただけで。それと、僕は後ろね」

指摘《してき》を受けて、少女はゆっくりと体の向きを変えた。

「はっ、はじめから、後ろにいたのは知ってましたよ？」

てるてる少女はちょっと照れたような顔で言い訳をした。

「いや、別に何も言ってないけど」

「ちゃんと、気配《けはい》とかでわかるんですから」

「いや、だから別に」

「わかるんですよ？」

どうしても納得《なっとく》させたいらしい。

「うん、わかったから。気配《けはい》でわかったのね」

「わ、わかってくれればいいです」

てるてる少女はどうでもいいことに強情《ごうじょう》だった。

「あの……ひとつお聞きしたいのですが」

「なに？」

宗太《そうた》はもういいだろうと、歩き出そうとしていたところを呼び止められる形になった。

「道を教えてほしいんです」

「道？」

「はい。月乃宮《つきのみや》の学校にはここからどう行けばいいのでしょうか？」

「学校って、え～っと」

見た目からして、高校生という線はないだろう。身長だけ見れば、小学生と言ってもおかしくない。宗太が悩んでいると、少女の方から答えた。

「学校ならどれでもかまいません。できたら中学校がいいですけど」

「ま、月乃宮は、幼稚園《ようちえん》から大学まで同じ敷地《しきち》の中だから、場所は一緒なんだけど」

「あ、はい。そう聞いています」

「ここから歩くと、僕でも二十分はかかるからなあ」

宗太の足でそれでは、少女の足では一時間かかってもたどり着けるかわからない。

タクシーを拾おうにも、ここは一般車両《しゃりょう》すら殆《ほとん》ど通らない道だ。

「それに今は春休みだし、こんな時間じゃ、学校には入れないと思うぞ」

「そう……ですか……」

落胆《らくたん》を隠《かく》し切れない様子《ようす》で、少女は肩をがっくりと落した。残念オーラが全身からにじみ出ている。見ている宗太の方が悪いことをした気分にさせられた。

少女はのそのそと足を動かして、道路の脇《わき》に身を寄せた。電柱《でんちゅう》の陰に隠れるようにしている。

何をするのか宗太が見守っていると、その場に座り込んでしまった。

両膝《ひざ》を抱えて顔をうずめる。ダンボール箱に捨てられた猫のようだった。

「それ、なにやってるんだ？」

「明日までここで待ちます」

「あ、そうなんだ」

「はい、そうなんです」

「……えっと、じゃあ、僕はこれで」

「はい。ご親切にありがとうございました」

ようやく変な少女から解放され、宗太はほっと息をついた。

十歩ほど進んだところで、振り向いた。

少女はまださっきの場所に座っている。冗談《じょうだん》かとも思ったが、どうやら本気で夜を明かすつもりらしい。

　かすかに体が震えていた。この季節、日が沈むと風が冷たい。

　自分には関係ないと宗太《そうた》は何度も言い聞かせた。

　厄介《やっかい》ごとに巻き込まれるのはごめんだった。

　別の誰かが、きっとてるてる少女を保護してくれる。宗太がやる必要はない。

　だから、大丈夫《だいじょうぶ》。

　けど、最近、この周辺ではよくない事件が頻発《ひんぱつ》している。殺人事件だってある。犯人はまだ捕まっていない。

　いや、それとこれとは関係ない。

　そう関係ない……関係なくもない……関係してくるかも……関係ないわけない……。

「あ〜、くそっ！　ほっとけるかバカヤロー！」

　ここで置き去りにして、明日の朝刊にでも載っていたら、それこそ目覚めが悪くなる。

　宗太はダッシュで少女のもとに戻った。

「あのさ」

　照れ隠《かく》しにぼりぼりと頭を掻《か》く。

「はい。なんでしょうか？」

「ここで待つくらいなら、僕の部屋に来るか？　このすぐ近くなんだけど」

自分でも何を言い出すんだと、頭の中のツッコミ役が、大声を張り上げている。

興味《きょうみ》を持ったのか、少女が少しだけ顔を上げた。

「そこは暖かいですか？」

「ここよりはずっと。お風呂《ふろ》もあるし、ベッドもある」

「あっ、でも、わたし、その、たぶん、というか絶対にご迷惑《めいわく》をおかけすると思いますよ？」

そのとき少女のお腹《なか》がぐうと鳴った。

「飯《めし》も、まあ、あるにはあるけど」

「いっ、今のはお腹の音じゃないですよ？」

またぐううと鳴った。

「飯もあるにはあるけど」

「ちっ、違いますからね。お腹は減ってますけど、そんなお腹が鳴るなんてことは」

そこでさらに、お腹がぐううと悲鳴を上げた。

少女の顔が薄明《うすあ》かりの中でもわかるくらいに見る見る赤くなっていく。

「ええっと、飯もあるけど」

「……よ、よろしくお願いします」

てるてる少女は立ち上がって、ぺこりと頭を下げた。

間近《まぢか》で見るとますます小さかった。ただ、表情は思ったほど幼くない。中学生という年相応《としそうおう》に見える。

「あ、行く前にひとつ聞いてもいいかな？」

「……な、なんでしょうか」

少し警戒《けいかい》するように、少女は体を引いた。身を守るように小さな体を、さらに小さく縮めている。立ち入った話は聞いてほしくないという雰囲気《ふんいき》だ。

「僕は真田宗太《さなだそうた》。月乃宮《つきのみや》高等学校の二年だ。君の名前は？」

これから家に招こうという人間の名前も知らないのは、いくらなんでも間が抜けている。

きょとんとした顔で、少女は固まった。

月の光が彼女の顔を神秘《しんぴ》的に映し出す。

銀色の髪《かみ》は、まるで月そのもののように輝いていた。

思わず見惚《みと》れていた宗太に、少女は小さな声で言った。

「……わたしは……立花《たちばな》ひなたといいます。十四歳《さい》です」

それを聞いて、宗太は、やっぱり日本人なんだ、と素朴《そぼく》な感想を持った。同時に、別に年齢《ねんれい》は聞いてないんだけどなあと思った。

これが真田宗太と、立花ひなたとの出会いだった。

第一章 退屈な日々は何処へ

1

七畳半《じょうはん》のワンルーム。バスとトイレは別。南向きで日当たりも良好。おまけに光回線《ひかりかいせん》が完備されている。

高校生が一人暮らしをするには贅沢《ぜいたく》な部屋。

その部屋の真ん中《まなか》に、宗太《そうた》は正座《せいざ》していた。

(どうしてこんなことになってんだ……)

頭の中は、混乱と後悔《こうかい》でいっぱいだった。

物静《ものしず》かな部屋の中に、時折《ときおり》、ぴちょんと水の音がバスルームから聞こえてくる。それが宗太にはなんだか生々しい音に思えた。

脳内《のうない》の天秤《てんびん》が、混乱よりも後悔の方に傾いていく。

だが、その原因を作ったのも宗太自身《じしん》だ。

立花《たちばな》ひなたと名乗った少女を部屋に上げたのも宗太であり、部屋に上げるなり、冷え切っていた彼女を風呂《ふろ》に入れたのも宗太なのだ。

宗太は顔をあげてバスルームの方を見た。

少し黄色っぽい灯《あか》りが中からもれている。

ふあ〜っと、夢心地《ゆめごこち》な気分を漂わせたひなたの声がもれてくる。風呂場で反響《はんきょう》した音は、若干《じゃっかん》のなまめかしさを伴って宗太に伝えられた。

宗太は赤くなって耳を両手でふさいだ。

（何も聞こえない。何も聞こえない。何か聞こえるような気もするけど、何も聞こえない）

念仏《ねんぶつ》のように頭の中で繰り返す。

（相手は年下。しかも二つも下だ。でも、ふたつくらい射程圏内《しゃていけんない》のような気もする。いや、違う違う……）

宗太は完全に錯乱《さくらん》していた。

気持ちを切り替えようと、宗太は勢いよく立ち上がった。それから、クローゼットを開いて探し物を始める。

ひなたのために、タオルと着替えの用意をしなければならないのだ。

新品のタオルを引っ張り出した段階で、宗太の動きは止まった。

女の子の着替えなど、この部屋にあるはずもない。

やることを見つけても、わずか数秒で途方《とほう》に暮れる。

最近洗濯《せんたく》をサボっていたことも裏目《うらめ》に出た。

狭い部屋をぐるぐると回り出す。

まさかまたシーツに包《くる》まっててもらうわけにもいくまい。

そんな状態で部屋にいられたら、それこそ宗太《そうた》の脳がとろけてしまう。

「あははは……」

乾いた笑い声が部屋に響《ひび》いた。

「あ、あの～！　何か言いましたか～？」

声をかけられたと思ったのか、バスルームから返事が来た。

「いや、あ、なんでもなくもなくもないけど、なんでもないから」

誤魔化《ごまか》しようがないほど、宗太は狼狽《ろうばい》していた。

両手で頭を抱えながら、再度《さいど》部屋の中を見回した。

カーテンのサッシにかかったハンガーに目が止まった。

制服のシャツが干されている。一年の三学期が終わったあとに洗濯《せんたく》したのを、そのまま放置しておいたものだ。

手に取ってにおいを嗅《か》ぐ。

「よし、合格」

ほっと胸をなでおろし、宗太はバスルームの前のかごに、タオルとシャツを入れた。

「えっと、立花《たちばな》さん……」

「は、はい！」

じゃばっという音と一緒に、ひなたの返事はあった。驚いた様子《ようす》だったのは、宗太の声がすぐ近くでしたせいだろう。

「タオルと着替え、外のかごに入れてあるから」

「ご、ご親切にありがとうございます」

ひとつ仕事が片付き、宗太は深いため息をついた。

（……これはしんどいぞ）

唯一《ゆいいつ》救いなのは、宗太が思っていたよりは、ひなたがひとりでもある程度のことをやれるということだった。最初は、風呂《ふろ》を勧めておきながら、彼女ひとりで入れるものなのか不安だった。その不安を正直に話すと、ひなたからは意外《いがい》な返答があった。

「何がどこにあるのかだけ教えていただければ、ひとりでやれますよ。生まれつき目が見えなかったわけではありませんから、想像はつきますので」

「そうなんだ」

「はい。任せてください」

胸を張ってどこか得意げだったのが不安を誘った。だが、ここまでの様子を見る限り、本当に大丈夫《だいじょうぶ》そうだ。

宗太の背後で、ざば～と湯船《ゆぶね》からひなたが上がる音がした。

続けてシャワーが流れ出す。

「ひゃあっ、つ、つめたい！　あ、あれ、こっち、お湯？　水？　あれ、どっち!?　う～、つめたいです！」

「安心したとたんにこれかよ……」

それからすぐに、ごとっと何かの落ちる音がした。

「……あ、あう……あう……こ、小指《こゆび》に…………」

声にならない声だった。痛みを想像して宗太《そうた》は口を歪《ゆが》ませた。シャワーを自分の足に落としたようだ。

バスルームは一瞬《いっしゅん》でパニック状態だった。がたがたと物音が激しくなる。

「お湯は左だ！」

とにかく、最低限のアドバイスを飛ばした。

「ご、ご迷惑《めいわく》をおかけ……きゃあ」

今度はごつっと何か固い物同士《どうし》がぶつかる音が聞こえた。部屋の壁にまで響《ひび》いている。

「ほんとに大丈夫《だいじょうぶ》か？」

「平気です。心配には及びません……絶対に頭なんか打っていませんから……いたた……」

患部《かんぶ》は頭だということがあっさりと判明《はんめい》した。声も何だか半分泣《な》きが入っている。

「うう〜、つめたい……湯船《ゆぶね》につかって作戦の建て直しです」

「がんばってくれ……」

「はい！　次こそは絶対にやってやりますよ」

意味はわからないが、ひなたは前向きだった。

いつまでもひなたに気を取られているわけにもいかない。宗太にはまだやっておかなければならないことがある。

そう、飯《めし》の用意だ。

冷蔵庫を開けるがろくなものがない。そういえば、今日は帰りに買い物をしてこなければならない日だった。

京《みやこ》にこき使われているうちに忘れていた。

ふむ、と宗太は考えるポーズを取った。

無駄《むだ》に残ったごはんはたくさんある。ハラペコのひなたが風呂《ふろ》から出てくるのも、時間の問題。手の込んだものを作っている余裕《よゆう》も食材もない。

それに、視覚に障害を持つひなたに対して、どんな風《ふう》に食事をしてもらえばいいかもわからない。

（ここは最も確実な方法で行くか）

冷蔵庫の中の冷えたごはんを根こそぎ取り出し、レンジに放り込んだ。

あたためスタートを押す。レンジはオレンジ色の光を発しながら、中の皿をくるくると回し始めた。

それにあわせて、シャワーの音が再び聞こえた。

「あつっ！　……くはありませんよ。そのようなこと、あるわけがありません。いやですね～」

誰に言っているのかは知らないが、変な言い訳をしている。

おかしなのを拾ったなあと思いながら、宗太《そうた》はレンジからあったまったごはんを取り出した。

そして、何も考えずに握ろうとする。

「あつっ！　……くはないぞ」

めちゃくちゃ熱かった。

少し冷めるのを待って、宗太はおにぎりを握った。すると、ひなたの方にも進展があった。

シャワーの音が聞こえなくなり、部屋に妙《みょう》な静けさが訪れる。がたがたという物音は、湯船《ゆぶね》に蓋《ふた》をしている証拠《しょうこ》だ。

宗太は思わず唾《つば》を飲み込んだ。

心臓《しんぞう》がばくばくと鳴っている。意識しないように努力しても、意識はバスルームの方に全力で注《そそ》がれている。オスの宿命《しゅくめい》だった。

（こういうとき、どうすればいいんだ!?）

心の中で助けを求めても、当然誰《だれ》も答えてはくれない。

やがて、がちゃっと音を立ててドアが開いた。

再び沈黙《ちんもく》が訪れる。長い長い沈黙だった。

疑問に思って、バスルームの方を見ると、湯気《ゆげ》の中にひなたの手だけが見えた。宗太の位置からだと壁が邪魔《じゃま》でそこしか見えないのだ。

「う〜、う〜」

妙《みょう》なうめき声がした。

「どこ〜、どこなの〜、どこですか〜」

手がぺたぺたとかごを探している。声は情《なさ》けないくらいにへろへろだ。余計《よけい》に湯船につかったせいか、のぼせているようだ。

「もうちょい左」

声に導かれるままに、ひなたの手がタオルにたどり着く。

「それがタオル。着替えはさらに左だから」

「あ、ありがとうございます」

「ちなみに着替えは制服のシャツ。前をボタンで留めるやつだから」

「了解《りょうかい》しました」

元気よくタオルを掴《つか》んだ手が中に消えた。だが、ドアはまだ開いたままだ。もわもわとした湯気が、部屋の方に溢《あふ》れ出してくる。それが彼女の一部に思えてならない。

ひなたが体を拭《ふ》いているであろう音が、ときどき聞こえてくる。ぴたぴたと水の滴《したた》る音が部屋に響《ひび》いた。

心よ、静まれ、と唱えながら、宗太は一心不乱《いっしんふらん》におにぎりを作った。

気がつけば、目の前には二十個ものおにぎりができ上がっていた。

（誰がこんなに食うんだよ……）

落ち込んでいても仕方がないので、宗太《そうた》はおにぎりをテーブルに移した。

そのとき、バスルームから、ひなたが出てきた。

「あ、あの……お風呂《ふろ》までありがとうございました！」

ひなたの声は緊張《きんちょう》で裏返っている。

振り向くとYシャツ姿のひなたが立っていた。体からほんのりと湯気《ゆげ》が上がり、ほっぺたは淡く朱色《しゅいろ》に染まっている。

宗太は慌《あわ》てて目を逸《そ》らした。

シャツはきちんとひなたの小さな体を覆《おお》い隠《かく》してはいる。裾《すそ》なんか膝《ひざ》の上あたりまであるくらいだ。袖《そで》は長くぶかぶかで、指先すら出ていない。ひなたが何度も捲《まく》り上げたが、そのたびにするするとずれ落ちてくる。

宗太が直視《ちょくし》できない原因は、もっと別の場所にある。掛け違ったボタンだ。

「あ、あのさ……ボタンずれてるぞ」

なるべく冷静に宗太は言った。動揺《どうよう》を隠すことくらいはできた。

「えっ!? ほ、本当ですか!?」

ボタンを掛け違ったせいで、シャツの合わせ目に大きな隙間《すきま》ができている。そこからほっぺ

たと同じように、桜色《さくらいろ》に茹《ゆ》で上がった肌《はだ》が、ちらりと見えていた。

「や、やだ、そんなはずは……」

ひなたはその場で回れ右をする。それから慌《あわ》てた手付きで、一番の上のボタンからひとつずつ手で触って確かめた。

途中で手を止めて、首だけでゆっくりと振り向く。

「うっ、後ろ見ててくださいね」

後《うしろ》姿《すがた》を見守っていた宗太《そうた》の体が跳ねた。

「向いてる、全然後ろ向いてるから！」

目は見えていなくても、視線は感じるらしい。

「い、いつもはボタンくらいちゃんと止められるんですよ？」

疑ってもいないのに、ひなたはひなたでおかしな言い訳をする。

「ほんとですよ？　ちゃんとできますから。子供じゃないんですから」

どうやら、肌が見えていることなんかではなく、ボタンを留められないことを恥じているようだ。

「ああ、うん、わかったから」

「ほんとのほんとにできるんですからね？　失敗したのだって……ほら、できた」

気持ちを落ち着けて、宗太は振り向いた。

するとそれから少し遅れてひなたも回れ右をする。

ちゃんとできたことを宗太に見せつけるように、ひなたは両手を広げた。

「どんなもんですか」

満面《まんめん》の笑《え》みを浮かべている。たかだかボタンで、どこか誇らしげだった。

少し湿った肌にぴたりとシャツが張りつく。生地《きじ》が薄いせいで、肌が透《す》けて見えた。素肌《すはだ》そのものより、余計《よけい》に見ていて恥ずかしい気分になる。

「ああ、うん……できてるできてる」

色々なことで頭がいっぱいになった宗太に、再度指摘《してき》する気力は残っていなかった。

ひなたのボタンは掛け違ったままだった。

「あ、そだ。飯《めし》の用意したからさ。といってもおにぎりだけど」

「わたしおにぎりは好きです」

「とにかく座って」

「は、はい……」

その場にすとんとひなたは座った。

「ごめん、僕が悪かった。立って、三歩だけ前にきてくれるか。座布団《ざぶとん》が置いてあるから、そこに座ってくれ」

「わ、わかりました」

ひなたは立ち上がると、壁に手をついて、一歩目を恐る恐る踏み出した。大丈夫《だいじょうぶ》だと思ったのか、二歩目はあっさりと前に出た。

だが、三歩目で、雑誌を踏みつけてバランスを崩した。

「あ、あれ……あれ～」

そのままひなたが前に倒れる。すなわち宗太《そうた》の方に。

銀色の髪《かみ》が尻尾《しっぽ》みたいに揺れた。ひなたの顔が近づいてくる。

「え！　あっ！　ちょっと待った！」

さらに近づいてくる。どんどん近づいてくる。

「す、すみません！　待てませ～ん！」

支える手を伸ばすこともできず。

抱きとめてあげることもできず。

それからキスをするという、素晴らしい事故も起こらなかった。

ごち～んという大きな衝撃《しょうげき》がふたりを襲《おそ》った。見事なヘッドバッドが炸裂《さくれつ》したのだ。

宗太はそのまま仰向《あおむ》けに倒れた。その上に、勢いに任せてひなたが乗っかる形になった。

「う、うおおお……」

狭い部屋の中、少年と少女が頭を抱えて、獣《けもの》のようなうめき声を上げる。

「すみません！　すみません！　すみません！」

必死になってひなたが謝る。目の端《はし》には涙がうっすらと浮かんでいる。

「いや、大丈夫。今のは僕が悪かった」

足元まで確認していなかった。宗太であれば、見てすぐに気づけてしまえるから。

「ごめんなさい！　ごめんなさい！　ごめんなさい！」

ぺこぺことひなたが頭を下げる。ただ、その謝る対象《たいしょう》をひなたは下に敷いている。

痛みが引いて、宗太は状況をようやく認識《にんしき》した。

正座《せいざ》を崩したような座り方で、ひなたが宗太の上にまたがっていた。小さな手が宗太の胸元にあった。

どうしたらいいのかわからずに、ひとまず逃避《とうひ》することにした。持ち上げた首から力が抜け、がっくりとうなだれる。

視界《しかい》がぶれて、やがて、カーテンの隙間《すきま》に注《そそ》がれた。

月が見えた。

その途端《とたん》、鼓動《こどう》が高鳴った。心臓《しんぞう》が自分とは別の生き物みたいに跳ね上がった。それにあわせて全身が一瞬《いっしゅん》だけ痙攣《けいれん》した。

「宗太さん？」

ひなたが怪訝《けげん》な声を上げる。

「いや、なんでもない」

自分の声も少し遠くに聞こえた。耳鳴りがしているみたいな感覚だった。

そして、その感覚を、宗太《そうた》はよく知っていた。

体の中で何かがうごめき、外に溢《あふ》れ出ようとする感じ。

血が左手に収束《しゅうそく》するようにざわついた。

その直後、変化は視覚的にもあらわれた。

(どうして勝手《かって》に力が!?)

左手の甲《こう》には、不思議《ふしぎ》な文字式《しき》が描かれていた。どこの国でも使われていない文字。それが、生き物が呼吸をするみたいに静かにうごめいている。

それ以外には何も起こらない。少なくとも、外見的な変化はなかった。

「え……なんですか、これ……? なにが起こって……?」

声は意外《いがい》なところから上がった。ひなたが口をぽっかりと開けている。

「……あれは、空……ですか。だとすると、これは、もしかして、お月様《さま》?」

ひなたの発言が、決定打となった。

「見えてるのか?」

宗太が視線《しせん》をひなたに向ける。ひなたはさらに困ったような顔をした。

「……はい……そうみたいです。今、見てるの、もしかして……」

ひなたはぺたぺたと自分の体にふれた。

「わたしが動くと、動いてます……なら、やっぱり……」

「ああ、今、立花《たちばな》さんが見てるのは、君《きみ》自身だ」

呆然《ぼうぜん》とした顔で、ひなたは言葉を失った。

「これが……今のわたし……」

唇《くちびる》がふるふると震え出す。目の端《はし》にはじわじわと涙の粒《つぶ》が溜《た》まっていった。

「夢みたいです……また見られるなんて……」

鼻をすすり上げ、嗚咽《おえつ》がもれた。その瞬間《しゅんかん》、大粒の涙の雫《しずく》が頬《ほお》を伝って零《こぼ》れ落ちた。最初の一粒が落ちると、もう止まらなかった。ぽたぽたと宗太の服を濡《ぬ》らしていく。

何も言えなかった。自分との再会など、宗太には経験がなかったから。

「……わたし……ああ、うう……ああ……」

感情が言葉になっていない。宗太は黙って見守るしかできなかった。

とても長い時間だったような気もすれば、一瞬《いっしゅん》だったようにも思える。そんな時間の中で、ひなたは落ち着きを取り戻した。

「宗太さんも、ムーンチャイルドだったんですね」

「あ、ああ。僕は……自分の見ているものを他人に見せることができるんだ。これが、僕のアルテミスコード」

ばつの悪そうな顔で宗太は答えた。嫌な汗《あせ》を首の後ろにかいている。視線も泳ぎ、明らかに落ち着きをなくしていた。

同時に後悔《こうかい》もしていた。下手《へた》な親切心《しん》を出して、ひなたを部屋にあげたことを。そのせいで、自分が普通ではないことを知られてしまった。

冷静さを取り戻したひなたがどういった反応をするかも想像《そうぞう》がついた。普通の人は、普通ではない力を持つ存在を恐れ、奇異《きい》の目を向けてくる。誤魔化《ごまか》すように愛想笑《あいそわら》いを浮かべて距離を取るのだ。

だが、宗太《そうた》の予想は大きく裏切られることになった。

「すごい！　すごいです！」

無垢《むく》で、ひたすらに純粋《じゅんすい》な感激《かんげき》が宗太にぶつけられた。

予想外《がい》の展開に頭がついていかず、しばらく何も言えなかった。

「僕が……こわくないのか？」

別に人に危害《きがい》を加えるような能力ではない。だが、たとえ他人に自分と同じものを見せるだけの能力だとしても、アルテミスコードを持たない人間からすれば、得体《えたい》の知れない恐怖の対象《たいしょう》なのだ。

「こわい？　どうしてですか？」

質問の意図《いと》がまったく伝わっていないような反応だった。それで完全に毒気《どっけ》を抜かれた。胸の中で芽を出していた警戒心《けいかいしん》が一瞬《いっしゅん》にしてしぼんでいく。

自分にまたがった銀髪《ぎんぱつ》の女の子を、宗太は改めて変わった子だと思った。

安心すると、今度は疑問と疑念《ぎねん》が頭の中を占拠《せんきょ》した。アルテミスコードの扱いは熟知《じゅくち》している。突然勝手《かって》に発現するなんてことは初めてだった。

試すつもりで、今度は自分から力をコントロールしてみる。

すると、宗太が念じた通り、左手に浮かんでいた文字式《しき》は消えた。

「あ……」

ひなたが名残《なごり》惜しそうな顔をする。

「あ、ごめん。もっと見たかったか」

「いえっ！　いいんです！　今のだけでも十分です！　わっ、わたしにはそんな資格ありませんから！」

何を思ったのか、ひなたは突然顔《かお》を赤くして手を上下にばたばたと動かした。

「だ、だって、その……わたし……わたし……」

今度はしおらしく俯《うつむ》き、耳まで真《ま》っ赤《か》にしている。

「宗太さんに乗っかって、その上、ボタンも掛け違って……こんなに恥《はじ》をさらしては、もう生きていけません……」

感動も消し飛ぶほど、ひなたは情《なさ》けない声を上げたのだった。

身だしなみが整うと、ひなたはテーブルの前に正座して座った。さっきまでの失態《しったい》の数々を返上するつもりなのか、背筋《せすじ》はぴんと伸びている。

ひなたの異様《いよう》な緊張感《きんちょうかん》にあてられ、向かいに座った宗太《そうた》まで、なぜだか正座《せいざ》をしていた。

ふたりの中心には、おにぎりが山ほど置かれている。

部外者《ぶがい》の目線《めせん》で見たら、さぞおかしな光景なのだろう。だが、当事者の宗太にとっては、息の詰まる時間が、拷問《ごうもん》のようだった。結局、我慢《がまん》ができずに口を開いた。

「せっかく作ったんで、とにかくおにぎり食べてくれ……あ、ええっと」

宗太はひとつおにぎりを取って、ひなたに手渡す。

「あ、いただきます」

丁寧《ていねい》にお辞儀《じぎ》をしてから、ひなたがおにぎりを口に運んだ。もさもさと草食《そうしょく》動物が草を食べるようにゆっくりと。

「シャケですね」

「シャケだな」

それからまた小さく口を動かす。宗太はその様子《ようす》をただ眺《なが》めていた。なんだか動物に餌《えさ》をあげているような心境《しんきょう》だった。

ひなたの手からおにぎりがなくなると次のを渡した。

またもさもさと食べ始める。

「うめぼしですね」

すっぱい顔でひなたが言った。

「うめぼしだな」

何だかよくわからないけど、宗太は返答していた。

それからまた、ひなたは黙々《もくもく》とおにぎりを食べた。

なくなると、別のを手渡した。

ひなたの小さな口が、もくもぐと動く。おにぎりがちょっとずつ減っていく。やがて具《ぐ》に接《せっ》触《しょく》する。

「おかかですね」

「おかかだな」

ひなたの手が空っぽになったところで、また手渡した。

「昆布《こんぶ》ですね」

「昆布だな」

「シーチキンマヨネーズですね」

「シーチキンマヨネーズだな」

このまま全部のおにぎりを、ひとりで食べるというオチを宗太が期待し出した頃、ひなたに異変《いへん》が起こった。

「う、ううぅ、ひえっく」

突如《とつじょ》、不思議《ふしぎ》なうめき声を上げた。死にそうな金魚《きんぎょ》みたいに、口をぱくぱくとしている。

「う、う、ううううっ！　ひえっく、ひえっく」

「な、なんだ、どうしたんだ？　卵でも産むのか？　いや、そんなわけないわな」

ひなたが身振《みぶ》りで何かを伝えてくる。何か飲み物を飲むような動作《どうさ》をした。

「てか、あんなにゆっくり食ってつっかえたのか！」

言いたいことは言ってから、宗太《そうた》は冷蔵庫にダッシュした。途中、棚の角にくるぶしをぶつけてもだえた。それでも、ひなたのために我慢《がまん》した。

冷蔵庫からペットボトルのウーロン茶を取り出す。しかも二リットルの新品《しんぴん》。

急いでキャップだけは開けた。

ひなたの側《そば》に駆け戻ると、すでに青白い顔をしていた。

「待て待て、まだ死ぬな！　ええ〜っと、ウーロン茶、ペットボトル、二リットル」

今ので伝わったらしく、ひなたの手がガッチリとペットボトルを握った。

必死に飲み始める。

「ぷはあ〜……今日が人生《じんせい》最後の日かと思いました」

宗太は意識せずにひなたの背中をさすっていた。

自分の行動に驚き、思わず立ち上がって距離を置いた。

その横で、ひなたは食べかけのおにぎりの最後の一口を飲み込んだ。

それを見て、宗太がわんこそばのように、次のを手渡そうとする。

「あ、あの、もう食べられません。お腹《なか》いっぱいです。ごちそうさまでした」

残りは明日にでも食べるしかない。

お腹がいっぱいになると、ひなたはすぐに船を漕《こ》ぎ出した。

時計を見れば、もう十二時近かった。

「お～い、そのまま寝ると虫歯《むしば》になるぞ～」

宗太は新品の歯ブラシを出すと、ひなたに握らせた。言われるままに、ひなたが歯を磨《みが》き始める。もう半分寝《ね》ているらしく、ときどき、びっくりしたように体を震わせる。

これでは歯磨《はみが》きどころではない。宗太は仕方なくひなたの手から歯ブラシを奪った。

「ほら、口あけろ、あ～」

「あ～」

ひなたが言われるままに少し上を向いて口をあける。餌《えさ》を要求する雛鳥《ひなどり》みたいだった。

他人の歯を磨くのはなかなかに難しい。力の加減《かげん》がよくわからないし、おまけに、勝手《かって》に頭が動く。

宗太が悪戦苦闘《あくせんくとう》しながらの歯磨きを終える頃には、ひなたの首はだらりと垂れ下がっていた。

九分九厘《ぶりん》寝ている。

「よし、寝るぞ」

ふらふらしているひなたを、宗太《そうた》はベッドに導いた。

ひなたが前のめりに倒れる。顔面を枕《まくら》に強打していた。

「いたい……ような……いたく……ないような……いたいです」

わけのわからない発言は無視して、宗太はひなたに毛布をかぶせた。

「電気消すぞ」

返事を待たずに、宗太は灯《あか》りを消した。

宗太はベッドの脇の床に寝転《ねころ》がった。座布団《ざぶとん》を枕代《が》わりにした。ブランケットをかぶっても、少し寒かった。

なんだか不思議《ふしぎ》な気分だった。いつもの自分の部屋が今だけは全然違《ちが》った場所に思える。自分以外《いがい》の息遣《いきづか》いを側《そば》に感じながら寝るなんてことが、滅多《めった》になかったせいかもしれない。

「なんだか、修学旅行みたいな気分だな」

誰かに聞かせるつもりはなかった。それに唯一《ゆいいつ》聞いているはずのひなたは、もう寝ていると思っていた。

「修学旅行って楽しいですか?」

だから、返事があったことに宗太は驚いた。けど、驚きよりも、ひなたの声が少し寂しそうだったのが気になった。

「楽しいよ。夜なんか、殆《ほとん》どみんな徹夜《てつや》でさ。好きな子の話とかで盛り上がるんだ。ま、僕はその手の話が苦手《にがて》なんで、結構戸惑《けっこうとまど》うんだけど」

それにひなたは少し笑って、そうなんですかと言った。

「学校も楽しいですか？」

その質問には、少し違和感《いわかん》があった。けど、すぐに宗太は随分《ずいぶん》小さい頃に目が見えなくなってしまったんだと結論を出して、あえてひなたには聞かなかった。聞かない方がいいと思えた。

「……どうかな、毎日行ってると、段々《だんだん》当たり前になってくるからな」

「そうですよね」

「立花《たちばな》さんは……」

「あの、名前の方で呼んでもらえませんか。苗字《みょうじ》はあまり好きじゃなくて……」

「ん？　えっと、それはつまり、ひなたと？」

「はい」

「いや、けど、それはさすがに」

女の子を名前で呼ぶなんて経験が宗太には殆どない。正直、恥ずかしくてたまらない。

「わたしの方が年下ですし……」

「あ、だったら、立花って呼ばせてもらうよ」

答えたあとに、妙《みょう》な沈黙《ちんもく》があった。

「わかりました。あ、わたしは、宗太《そうた》さんって呼んでいいですか？」

「別にいいけど。なんかもうさっきそう呼ばれてた気がするし」

なんだか、この会話そのものが気恥《きは》ずかしくて、宗太は寝返《ねがえ》りを打った。

「わたし、学校に行ったことがないんです。理由は想像できると思いますけど。あ……でも……勉強はちゃんとしてましたよ……これでも結構《けっこう》優秀らしい……です……」

ひなたの声は、段々《だんだん》と尻《しり》すぼみになっていく。そろそろ睡魔《すいま》に勝てなくなってきたようだ。

少し会話が途切《とぎ》れた隙《すき》に、隣《となり》からはすぴ～と寝息が聞こえてきた。

時々、もぞもぞと動いているのか、衣擦《きぬず》れの音が部屋に響《ひび》く。たいして大きな音でもないのだが、他に物音がしないせいで、宗太の耳にはやけにはっきりと届いた。

眠気など少しもなかった。

カーテンの隙間《すきま》から差し込む月明かりに目が慣れてくると、ますます頭が冴《さ》えて、目が覚めてしまった。

体を起こして、ひなたの様子《ようす》を確認する。ハムスターみたいに小さく丸まって眠っていた。なんだか不思議《ふしぎ》な生き物を飼ってるような気分だった。

もう少し警戒《けいかい》した方がいいんじゃないかと思いながらも、何かする度胸《どきょう》もないことは宗太自身《じしん》がよくわかっている。

ずれた毛布をかけ直してあげた。

色々と考えごとをしていると、昼間京《みやこ》に言われた言葉が思い出された。

——あたしのカンだと、近々、宗太君に何か大きな事件が起こるね。

京があんなことを言ったせいで、きっとこんな目にあっているのだ。何の根拠《こんきょ》もなく宗太はそう思った。せめて誰かのせいにしないと、やっていられない。

そんなことを考えているうちに、ようやく宗太も眠りに落ちた。それは朝日が昇る少し前のことだった。

2

翌朝《よくあさ》、腹部に重たい衝撃《しょうげき》を受けて、宗太は目を覚ました。

「ごふっ！」

目覚めの第一声は、ダメージを伴った喘《あえ》ぎ声だった。

体が寝ぼけているせいで、さほど痛みは感じない。いや、やはり十分に痛い。

まどろんだ頭が徐々に鮮明《せんめい》になっていく。

カーテンの隙間から朝日が差し込んでいた。今の宗太には凶器《きょうき》に思えた。光が弱点のゾンビのように低く唸《うな》る。

「……まぶしくて、お腹《なか》も痛い」

誰にともなく申告《しんこく》する。まだ寝ぼけているらしい。

妙《みょう》に腹部が重い気がするのも、目が覚めていないせいなのだろうか。それとも、これを金縛《かなしば》りというのだろうか。

半開《はんびら》きの目で、宗太《そうた》は自分の体を確認する。

「ぎょっ！」

慌《あわ》てて悲鳴を呑み込んだ。

宗太の腹部にはひなたの頭部が突き刺さっていた。

ベッドから落下し、見事に着地に成功したらしい。ひなたの頭が床に激突《げきとつ》しなくてよかったと思う反面、じくじくと痛む自分のお腹に、宗太は同情した。

（しかし、普通、頭から落ちるか……）

ひなたは宗太の体に顔を埋めて、膝《ひざ》を折った体勢で眠っていた。すぴ～と今も寝息《ねいき》が聞こえてくる。

ときどき苦しそうに息を詰まらせるのがおかしかった。

さすがにひなたが起きるまで、待っているわけにもいかない。他人に見られたら誤解《ごかい》を招くような体勢でもある。

別に誰かに見られる心配はないが、宗太の内心《ないしん》は穏《おだ》やかではなかった。

女の子がこんなに近くで寝ていることすら、どきどきものなのだ。

どうにか、ひなたをどかそうと頭に手を伸ばす。持ち上げようとするが、これが結構《けっこう》重い。

仕方がなく転がす作戦に移行することにした。

反転《はんてん》したところで、ひなたが苦しそうにうめいた。

「ぎょって……なんです……？」

「ぎょってのはやっぱり、魚だろ」

だが、ひなたの返答はない。よく見てみると、まだ寝ている。さっきのは寝言《ねごと》だったらしい。

宗太の眠気は、もう完全に吹き飛んでいた。

そのせいで、ひなたの体温をはっきりと感じてしまう。他人の体温に、肌《はだ》がこんなにも敏感《びんかん》なのを学習しつつ、宗太は諦《あきら》めたように寝たふりをした。

完全に現実逃避《とうひ》だった。

（いやいや、これじゃだめだろ……）

頭をフル稼働《かどう》させて方策《ほうさく》を練るが、それも、ひなたの体温と鼓動《こどう》に邪魔《じゃま》をされて、すぐに雑《ざっ》念《ねん》に姿を変えてしまう。

（どうして、こんなにあったかいんだよ）

心の中で、理不尽《りふじん》に悪態《あくたい》を吐いた。

（どうして、こんなにやわらかいんだよ）

暴れたい衝動《しょうどう》を必死に抑えた。

冷静に、冷静にと言葉を繰り返すほど、宗太《そうた》の頭は沸騰《ふっとう》した。

思い切ってひなたの頭を転がし、体ごと回転させた。支えを失ったひなたの体は、宗太の作戦通り、くるりと回った。

仰向《あおむ》けの状態で止まるかと思ったら、そのまま反転して、ベッドの縁《ふち》に頭を強打した。

ごつんと大きな音が部屋に響《ひび》いた。

ごしごしとひなたはぶつけた額《ひたい》をこする。余計《よけい》に赤くなった。

完全に寝ぼけている。

それから突然スイッチが入ったように、がばっと上半身を起こした。

状況確認《かくにん》のためか、周囲をぺたぺたとさわり出した。

宗太はひなたの索敵範囲《さくてきはんい》から、物音を立てないように離れた。

ぺたんと両足を折って座った姿勢のひなたは、周囲の確認が終わると、しばらくそのままぼ～っとしていた。

乾かさずに寝たせいか、長い髪《かみ》はハリネズミのようになっている。

「ぶつけたように頭が痛い……どうして……」

寝ぼけた声で、ひなたが言った。

その背中に、宗太は声をかけた。

「おはよう」

宗太の挨拶《あいさつ》に反応して、ひなたがゆっくり向きを変える。

「お、おはようございます」

正座して両手を床につくと、ひなたは丁寧《ていねい》にお辞儀《じぎ》をした。

「今、コーヒーでもいれるよ」

「どうぞ、お構いなく」

インスタントのコーヒーをふたつ用意した。ひとつには砂糖とミルクをたっぷりとたらす。もちろん、ひなたの分だ。もうひとつはブラックのまま宗太がすすった。

「マグカップ、熱い、気をつけて」

宗太がひなたにコーヒーを差し出す。

「どうして、片言《かたこと》なんです？」

恐る恐る前に出された手に、宗太はカップを握らせた。

口につけるとひなたは幸せそうな顔をした。

「甘くておいしいです」

その直後、インターフォンが鳴った。

「誰だ、こんな朝早くに」

はい、といって応対すると、宅急便《たっきゅうびん》ですと返答があった。

「ちょっと待っててください」

はんこを持って、宗太《そうた》はドアに向かった。

一度、外の様子《ようす》を覗《のぞ》き穴から確認する。配達員らしき人の姿は見えない。わざわざ死角《しかく》に立っているということだ。

宗太の体を嫌な予感が駆け巡った。

直後、乾いた音を鳴らして、外からカギが開けられた。まずいと思って、宗太は反射的にドアノブを握ったが遅かった。

勢いよく外側に開いたドアに引っ張られて、宗太も表《おもて》に放り出された。

外にいたのはスーツ姿の男がふたり。太いのと細いのがひとりずつだ。

確認できたのはそこまでで、立て続けに腹部に激しい痛みを感じた。男のひとりが、拳《こぶし》を宗太に叩《たた》き込んだのだ。膝《ひざ》から力が抜けてがっくりと崩れ落ちる。そのまま体を折り畳《たた》んで、床に頬《ほお》をつけた。ひんやりと冷たくて気持ちよかった。

（また、腹かよ……）

「宗太さん？　どうかしたんですか？」

逃げろと叫ぼうとしたけど、声にはなっていなかった。口から空気がもれる奇妙《きみよう》な音が鳴っただけだ。代わりに、ひなたの悲鳴が響《ひび》いた。

「放してください！　やめてください！」

何が起きているのかもわからず、宗太が体を起こすと、ひなたが外に連れ出されていた。

「……なんなんだよ」

ふらつく足に鞭《むち》を入れる思いで、宗太はどうにか立ち上がった。腹部がじくじくと痛み、前かがみになってしまう。それでも、ひなたを脇に抱えた男に対して、宗太は倒れ込むようにタックルをぶちかました。

だが、厚い筋肉の壁はびくともしない。ハンマーのように振り下ろされた腕によって、再度宗太は地べたを這《は》った。

（くそったれが……）

太刀《たち》打《う》ちできるレベルを超えている。身のこなしが素人《しろうと》ではない。軍人《ぐんじん》か元《もと》軍人に思えた。

勝ち目などない。それでも立ち上がろうとする宗太のわき腹に、男が今度は蹴《け》りをいれた。

鈍い音が鳴った。痛みはよくわからなかった。

（……なんだよ、これ）

立ち上がると、再び男に殴《なぐ》り飛ばされた。

「やめてください！　宗太さんに乱暴《らんぼう》しないで！」

情《なさ》けなくて反吐《へど》が出る気分だった。

「それ以上、宗太さんに手を出すなら、わたし……」

ひなたの言葉でその場の空気が一瞬《いっしゅん》で凍りついた。

「待て、落ち着け！」

男が緊張《きんちょう》した声を上げた。

そのことに妙《みょう》な違和感《いわかん》を宗太《そうた》は覚えた。宗太をぼろ雑巾《ぞうきん》のようにした屈強《くっきょう》な男が、額《ひたい》に汗を浮かべている。その視線の先にいるのはひなただ。

「アルテミスコードは使うな！」

線の細い方の男が叫んだ。

だが、次の瞬間《しゅんかん》、その男は何かに押し潰《つぶ》されるように四つんばいの姿勢になった。下から見えない力に引っ張られるようにして。

「くっ、なんて力だ！」

歯を食いしばりながら男が悪態《あくたい》をつく。腕がぷるぷると震え、ふんばっているせいで顔は真《ま》っ赤《か》になっていた。だが、限界が近いのは見ていればわかる。最後に獣《けもの》のような雄《お》たけびを上げて、男は車にひかれたカエルみたいに床に這《は》いつくばった。

「くそっ！　化《ば》け物《もの》が」

もうひとりの体格のいい方の男が、懐《ふところ》から銃を取り出した。迷いなどかけらもなく、流れるような動作《どうさ》で、銃口《じゅうこう》がひなたに向けられる。

銃まで持ち出されて、宗太はこの理不尽《りふじん》な状況をただ否定することしかできなかった。

「やめろ！」

早口に叫んだが遅かった。

男はひなたの足元を狙《ねら》って発砲《はっぽう》した。宗太の脳裏《のうり》に最悪の映像が流れた。世界が真っ赤に染まったように思えた。

だが、弾丸《だんがん》は見えない壁に阻《はば》まれて宙で止まった。

「なっ！」

男よりも先に、宗太が驚きの声を上げた。

不自然に停止した弾丸は、直後、床に叩《たた》きつけられ、コンクリートの床にめり込んだ。

「……これもアルテミスコードなのか？」

最も宗太を驚かせたのは、ひなたの様子《ようす》だった。思ったままの感情が、口から無意識に零《こぼ》れ落ちていた。

ひなたの体からは、無数の文字式《しき》が次々と生み出されていた。数え切れない文字式は、それぞれが一匹《いっぴき》の蛇《へび》のようにのた打ち回り、互いを絡め取っていく。組み合わさった文字式を遠巻《とおま》きに捉《とら》えると、古代《こだい》文明の壁画《へきが》に描かれた紋様《もんよう》のようなものを構成していた。それが、生き物みたいに脈打《みゃくう》っている。

その中心に、守られているかのように、ひなたは静かに立っていた。

宗太は思わず、自分の左手の甲《こう》を見つめた。アルテミスコードなど、見慣《みな》れたもののはずだった。だが、ひなたの持つアルテミスコードの量は桁違《けたちが》いだった。宗太の何千、何万、いや、何億倍《ばい》にもなるコードがそこにはあった。

体格のいい男が緊張《きんちょう》に奥歯《おくば》をぎりっと鳴らした。真《ま》っ暗《くら》な銃口《じゅうこう》がひなたの胸を狙《ねら》っている。

「やめろ！　下手《へた》に刺激《しげき》するな！」

床に這《は》いつくばった男が警告《けいこく》を発する。その言葉が終わるよりも先に、再度銃声《じゅうせい》が轟《とどろ》いた。

それも今度は十発近く。

宗太《そうた》は動くこともできなかった。

弾丸は先ほどと同様に、ひなたの体に届く前に止まった。不自然に空中に留まっている。やがて、床に吸い寄せられてコンクリートに突き刺さった。

「馬鹿な！」

男の声に反応して、ひなたが振り向いた。

「宗太さん、離れてください！」

「……わ、わかった」

緊迫《きんぱく》したひなたの声に押されるように、宗太はわけもわからず反射的に飛び退《の》いた。

「離れたぞ」

その合図を待って、今度は体格のいい男の体に異変《いへん》が起きた。ひなたに触れられてもいないのに、マンションの壁に叩《たた》きつけられた。

衝撃《しょうげき》で呼吸が止まったのか、男が咳《せ》き込んだ。その体はコンクリートをへこませている。

「ぐあっ……き、きさま……」

大の男が痛みにもだえた。体を動かそうにも身動きひとつ取れていない。ひなたはただ男に片手をかざしているだけだった。

やがて、どこかの骨が砕ける鈍い音が鳴った。右足がおかしな方向に曲がる。痛みを伴った絶叫《ぜっきょう》が走った。

「もういい、やめろ！　やりすぎだ！」

はっとなったひなたが、アルテミスコードの発動を止めた。周囲に浮かんでいた文字式《しき》が薄くなり、ひなたの体に戻っていく。

足を砕かれた男は、もうひとりに肩を借りて、宗太とひなたから距離を置いた。青白い顔に、警戒《けいかい》した目つきでこちらを睨《にら》みつけている。

その男たちの背後に、別の男が現れた。その男に、宗太は見覚《みおぼ》えがあった。

「やれやれ、街中《まちじゅう》捜しても見つからないはずだよな。まさか宗太がかくまってるとは」

年齢《ねんれい》は四十過ぎ。肩はやる気なく丸まっていて、無精《ぶしょう》ひげがやさぐれた雰囲気《ふんいき》を出している。ネクタイもしているだけで、ゆるゆるだ。

「黒田《くろだ》さん！」

ほっとしたような、助かったというような、そんな声を宗太は思わず出していた。

黒田はスーツ姿のふたりが何か言う前に、内ポケットから黒い手帳を出した。

「警視庁公安部《けいしちょうこうあんぶ》の黒田源五郎《くろだげんごろう》という者ですが、おたくら、国立アルテミスコード研究所の回し者かしら？」

何も返答はない。だが、それが答えになっている。

「彼女は今月からうちで預かるってことで、話はつけてあるでしょうよ。実験中に逃げ出されるくらい嫌われてるんだから、ここらで諦《あきら》めなさいな。それとも別の団体さんかしら？　横取《よこど》りってのもよくないな」

男たちは携帯を取り出し、どこかに相談の電話をかけ始めた。何度か、頷《うなず》いたあとで、電話を切った。

痛みに顔を歪《ゆが》めながらも、納得《なっとく》できない様子《ようす》で、ひなたを見ていた。

「なんなら、署《しょ》の方で話を聞くんでも、こっちは構いませんがね？」

少し考えてから、線の細い方の合図で、ふたりは立ち去っていった。

怪《あや》しいふたりがいなくなるのを待って、黒田はやれやれと肩をすくめた。

「お前は、お前でなにやってんだか。顔はれてるぞ？」

「知りませんよ。いきなり殴《なぐ》られたんですから……いてて……」

簡単に言葉を交わし、黒田の視線がひなたに向いた。

「あ、彼女は……」

「立花《たちばな》ひなたちゃんでしょ？」

「え!?　どうして、名前を？」

宗太《そうた》の驚きは無視して、黒田はひなたの前に移動した。しゃがみ込んで、視線の高さをひなたにあわせた。

「おじさんは、黒田源五郎っていうんだけど、話は聞いてるかな」

「……はい。えと、今度、お世話《せわ》になる人ですよね？」

「そそ、お世話する人」

そこに宗太が割り込んだ。

「お世話になるとか、お世話するとか、どういうことです？」

黒田が立ち上がって、宗太を見た。

「うちで預かるってさっき言ったろ？　お前と同じで公安特課《とっか》に配属《はいぞく》された新人ってわけだよ。ま、そういうわけだから、早速《さっそく》行こうか」

「ちょ、それじゃ説明になってないですよ」

宗太は完全に置いてけぼりを食っていた。気にせずに黒田は歩き出す。

ひなたも黒田に背中を押されて、足を前に出した。

わけもわからず、宗太は頭を掻《か》き毟《むし》った。

事情はよくわからない。というよりも、全くわかっていない。とにかく、どこかに行くなら、その前に、知っているだけの事情は伝えるべきだと思った。

「待ってください。どこに行くのか知りませんが、その前に、学校に寄ってもらえませんか？」

「はあ？　学校？」

「あ、いいんです。これ以上、ご迷惑《めいわく》はかけられません」

ひなたが手をばたばたとさせて、いいんです、いいんですと繰り返す。

黒田《くろだ》が説明してみろという視線で、宗太《そうた》を見た。

「僕もよくわかってないんですけど、昨日《きのう》から学校に行こうとしてたみたいなんで」

「なんでまた」

言っていることが理解できないような声を黒田はもらした。

「それは知りませんけど、月乃宮《つきのみや》中にだけは連れていってあげてください。僕もそのつもりで、ここに連れて来ちゃったんで」

「ま、別に構わないけど、それって明後日《あさって》まで待てないのか？」

今度は宗太とひなたが疑問に首を傾《かし》げる番だった。

「明後日の始業式になったら、どうせ学校に行くんだろ？」

「そりゃ、僕は行きますけど。今、言ってるのは、僕じゃなくて……」

「だから、ひなたちゃんもよ」

黒田は当たり前のような顔をしていた。宗太は意味がわからずに、瞬《まばた》きだけを何度も繰り返した。ひなたは固まったまま動かなくなっている。

「あれ？　俺、なんかまずいこと言った？」

困ったように黒田が頬《ほお》をぼりぼりと掻《か》く。

「今、なんて？」

「だから、明後日の始業式には、どうせ学校に行くって」

「僕がじゃなくて？」

「だから、ひなたちゃんがだよ。お前、俺を馬鹿にしてるのか」

「本当に？」

「しつこいやつだな。そんな男はもてないぞ」

突然、ひなたがぱちんと自分の頬を、両手で挟んだ。

「……痛いから……夢じゃない？　わたし、学校に行ってもいいんですか？」

「学校に行くのが子供のお仕事。ほれ、それがわかったら、さっさと来る」

ひとりで先に黒田が歩き出した。

「ちょっと、どこに行くんです？」

「上の階に、だよ」

黒田についていこうと、ひなたは壁を伝いながら足を一歩前に出した。ただ、それは黒田の向かった方向と逆だった。

「それ、逆だから」

「わっ、わかってましたよ？」

意味もなく強がってから、ひなたは反転した。ゆっくりと、カメと競走するような速度で黒《くろ》田《だ》の背中を追いかける。

どうしようか迷ったあとで、宗太《そうた》は覚悟《かくご》を決めるように深《しん》呼吸をした。

「手、繋《つな》ぐぞ」

返事を待つだけの度胸《どきょう》もなく、宗太はひなたの手を握った。

「ついてきて」

「……あ、ありがとうございます」

廊下の先を宗太が見ると、黒田がにやにやと笑っていた。前を向けと睨《にら》み返したが、黒田にはまったく通用しなかった。

エレベータで七階から十階まで上がる。

このマンションは、七階までは一人暮らし用のワンルームになっているが、八階から最上階である十階までは、家族用に2ＬＤＫと3ＬＤＫの間取りになっている。

エレベータから一番近い部屋の前に立つと、黒田は宗太にカギを渡した。

「今日からここがお前たちの部屋だ」

「たち？」

意味はわからなかったが、促《うなが》されるままに宗太はカギを回して、ドアを開けた。

真新《まあたら》しいにおいがした。

間取りは2ＬＤＫになっている。

靴《くつ》を脱いで頭を上げるときに、硬いものに後頭部《こうとうぶ》を強打した。何かと思えば、頑丈《がんじょう》な手すりがついている。それは部屋の中までずっと続いていた。

「なんだってこんなものが」

その答えはひなたが示した。宗太と同じように部屋にあがると、手すりを摑《つか》んで壁を伝って中に進んでいく。

宗太も続いて、部屋の中を確認して回った。

ワンルームの部屋とは違い、各ブロックが独立して、広々としている。玄関《げんかん》も、洗面所もバスルームもトイレも、全部がバージョンアップしていた。どの場所にも、手すりがついているのが印象的《いんしょうてき》だった。

「これって……まさか」

どう見ても、ひなたが生活することを想定《そうてい》した作りになっている。

リビングに続くドアを抜けると視界《しかい》が開けた。大きな窓から差し込む光が、部屋を明るく見せている。落ち着いたグリーンのソファが置かれ、大型の液晶《えきしょう》ＴＶまで設置されていた。

ダイニングとキッチンはカウンターを挟んで繫《つな》がっている。ＴＶ番組で紹介されるような風景が広がっていた。

これはこれで悪くない。一度は住んでみたかったような部屋だ。

「必要なものはあらかた用意しておいたから。ひなたちゃんの着替えとか、あと学校の制服なんかもね。当然、手続きも済んでる」

ふたつある部屋のうち、ひとつは女の子用の家具が揃《そろ》えられていた。さすがにクローゼットを開けるのはまずいと思ったのでやめた。

もうひとつの部屋を見て、宗太《そうた》は嫌な予感を覚えた。どこかで見たような部屋だった。

「あの……黒田《くろだ》さん」

「もう気づいてると思うが、今日から一緒に住んでもらうから」

「な、なんでそうなるんですか！」

「昨日《きのう》だって率先《そっせん》して自分の部屋に泊めたんだから、その気がないわけじゃないでしょうよ？」

「そういう問題じゃなくて」

「んじゃ、真面目《まじめ》に言おうか」

黒田がじっと宗太に顔を近づけた。

「彼女の持つアルテミスコードは絶大《ぜつだい》な力を秘めている。お前も見たろ？重力《じゅうりょく》支配の力を。彼女は世界の物理《ぶつり》法則なんぞ無視して、重力を自在《じざい》に操《あやつ》ることができる」

「……重力支配って。まさか、そんな……」

黒田の言葉が信じられず、宗太は驚きを隠《かく》すことができなかった。重力といえば、世界の根《こん》幹《かん》を支えるルールのひとつだ。人も動物も惑星《わくせい》も、そのルールの中で活動している。

それを捻《ね》じ曲げる力を、ひなたは持っているというのだ。

「自分の目にしたものくらいは信じなさいな」

黒田の言葉が体に染《し》み込んでくる。そのせいで、必死に否定しようとする意志は折れた。

「けどな、どれだけ大きな力を持っていても、目にハンデを抱えているせいで、その力を思うように発揮《はっき》できずにいる。都合《つごう》のいいことに、お前なら、彼女の視覚を補える。最高の組み合わせだと思わないか」

「そんな無茶苦茶《むちゃくちゃ》な。だいたい一緒に住む説明にはなりませんよ」

「今月から彼女はうちの所属なの。かといって、俺は忙しくて殆《ほとん》ど家にも帰れない。彼女をひとりにするわけにもいかない。だったら、ヒマな高校生に任せるのが最適だって話だよ」

「それ全部、黒田さんの都合じゃないですか」

宗太の気持ちとか、そういうものは全部度外視《どがいし》されていた。

「あ、これ、相互《そうご》理解を深めるための共同生活だから。そこんところ、理解しておいてよね」

「いや、まだオッケーはしてませんよ。だいたい、立花《たちばな》がいいっていうかも」

知り合って間もない男と一緒に住むなんて、常識的に考えたら承諾《しょうだく》しないはずだ。

だが、あっさりと返事はあった。

「わ、わたしは全然だいじょうぶです！　宗太さんなら、信用できます！　それに……」

少し迷ったあとで、ひなたは続きを口にした。

「わたしには、他に行き場所も居《い》場所もありませんから」

その一言が、宗太《そうた》に重く圧《の》しかかった。こうなっては逃げようがない。

目を瞑《つむ》り、一度深《しん》呼吸をする。そのあとで、宗太は黒田《くろだ》を見た。

「わかりました。やりますよ」

「んじゃ、よろしく。詳しいことはおいおい話すし、さっきみたいな連中《れんちゅう》は、俺の方でシャットアウトしとくからさ」

黒田は明らかにこの状況を楽しんでいる。その横で、ひなたは緊張《きんちょう》しながらも、なんだか明るい顔をしていた。

ひなたと黒田の前で、宗太は自分の選択に早速《さっそく》後悔《こうかい》して、手で顔を覆《おお》うのだった。

第二章　やかましき日々

1

黒田《くろだ》からの無茶苦茶《むちゃくちゃ》な提案を受け入れてから二日後、初の登校日がやってきた。

準備に時間がかかると考え、早めに目覚ましをかけたが、その読みは少々甘《あま》かった。

部屋の時計を見ると、ちょうど八時を示した。

「遅い……」

宗太《そうた》は落ち着きなく、リビングのソファの周りをぐるぐると回った。

「立花《たちばな》、まだか！」

部屋に向かって声をかけると、がしゃんと物音が返ってくる。

「も、もうちょっとです！　やれます！　やってやれますよ！」

たかだか着替えで大事件だ。どう考えても大丈夫《だいじょうぶ》とは思えない。

着替えを手伝うわけにもいかず、宗太は待つしかなかった。

宗太がソファを五周半したのち、ようやくひなたの部屋のドアは開いた。

「お、お待たせしました！」

ようやく部屋から出てきたひなたを見て、宗太は絶句《ぜっく》した。急いで、視線を逸《そ》らすはめにもなった。

「あ、あの、おかしいですか？」

制服の感想がないことに不安を覚えたのか、ひなたの声はなんだか弱々しい。仕方なく宗太は視線を戻した。

「タイが曲がっているかもしれませんけど」

そんな細かいところを気にする状態ではなかった。ブラウスのボタンは例によって掛け違っている。裾《すそ》は半分スカートからはみ出している。あげく、肌《はだ》に密着した水色の布切《ぬのき》れが、ちらりと顔をのぞかせていた。ベストとブレザーのおかげでかなりカバーされているが、とても外を歩ける状態ではない。

加えて、髪《かみ》の毛はヤマアラシ状態だ。

「台風中継《ちゅうけい》をやってるレポーターか」

「なんですか？　それ？」

深いため息を吐いたのち、宗太はアルテミスコードに語りかけた。そして、今見ているひなたの様子《ようす》を、本人の脳に転送《てんそう》した。

「わ、わたし、こんな状態なんですか？　ばかな！」

「ばかなことはない」

「み、見ないでください……後生《ごしょう》ですから……」

両手を前に突き出して、ひなたは意味もなく後退《あとずさ》りをする。そのまま壁にお尻《しり》をぶつけて、ぎゃあとかわいくない悲鳴を上げた。

宗太《そうた》はひなたの願いを叶《かな》えるべく、窓の外を見た。十階からの景色はなかなかだ。ひなたの頭の中にも、さぞ美しい景色が映っていることだろう。

背後では怨念《おんねん》がましくひなたがうめき声を上げていた。

「僕はどうすればいい？」

「て、手伝ってください……」

「わかった」

気持ちを落ち着かせてから、宗太はひなたを視界《しかい》に入れた。それにあわせて、真《ま》っ先《さき》にひなたは掛け違ったボタンを直しにかかった。

「ほ、ほんとはひとりでちゃんと全部できるんですよ。ほんとですよ、うそじゃないですよ。今日は少し調子が悪かったっていうかですね……」

照れ隠《かく》しなのか、ひなたはよくしゃべった。おかげで、全然《ぜんぜん》着替えが進んでいない。

「ほんとなんですから、信じてくださいね？」

「いいから、早く着替えてくれ」

ため息まじりに宗太は言った。

どうにか服装が整った。

最後にタイだけは宗太が直してあげた。綺麗《きれい》なチョウチョ結びが完成する。

そうなると問題はヤマアラシの方だった。小細工《こざいく》でごまかしが利く状態でもない。覚悟《かくご》を決めると、宗太はひなたの手を取って、バスルームに連れ込んだ。

「はい、そのまま頭を下げて」

「ちょ、宗太さん、なんです？　何をするんです？」

すでにアルテミスコードは解除《かいじょ》している。ひなたには何も見えていない。

「風呂場《ふろば》、シャワー、濡《ぬ》らす、頭！」

シャワーの温度を確かめてから、宗太はひなたの髪《かみ》を濡らした。

「宗太さん、だめです。わ〜、やめてください〜、ひどいです。あ、う、きゃあ……そっ、そこはっ、だめです……はふん……」

「変な声を出すな！」

シャワーを止めると、濡らした髪をタオルで念入《ねんい》りに拭《ふ》いた。拭いても拭いても乾かない。髪の毛が長すぎる。

洗面所を出て、再びリビングにひなたを連れて行く。引っ張り回されているひなたは、わ〜わ〜言いながらもどこか楽しそうだった。

「あ〜、ソファ、座る、大人《おとな》しく」

「だから、どうして片言《かたこと》になるんですか？」

問答無用《もんどうむよう》でドライヤーをかけた。

しなやかなひなたの髪《かみ》は、指ですくっただけでもするすると通り抜けていく。

「ふわ〜、あ〜、気持ちいいです」

宗太《そうた》は顔を真《ま》っ赤《か》にしながら、黙々《もくもく》と乾かす作業を続けた。

そんな宗太の心情《しんじょう》を知ってか知らずか、ひなたは幸せそうにくつろいでいた。

「なんか、お姫《ひめ》様になったみたいな気分です」

「今日だけだからな」

「わっ、わかってます！　明日からはちゃんとばっちり完璧《かんぺき》に自分で用意しますから」

ぐっと両手で握りこぶしを作っている。

「期待してるよ……」

「あ、信じてませんね？」

「信じてる。信じてる……ほれ、できた」

立ち上がってひなたがくるりと宗太を振り向く。

もうハリネズミでもヤマアラシでもない。銀色の髪は白い肌《はだ》によく似合《にあ》っていて、かわいらしかった。

制服姿《すがた》もなかなか様《さま》になっている。

正視《せいし》しているのが恥ずかしくなり、宗太は目を逸《そ》らした。

玄関《げんかん》で靴《くつ》を履《は》き、先に宗太が部屋を出た。無人《むじん》の部屋にいってきますと言いながら。

続いて出てきたひなたは、部屋に向かって振り向くと、小さく深呼吸《しんこきゅう》をした。

「い、いってきます」

自分の言葉を嚙《か》み締めるような言い方だった。緊張《きんちょう》しているみたいに音が高くなっている。

それを不思議《ふしぎ》に思ったが、宗太にそんなことを考えている余裕《よゆう》はなかった。

「急がないと遅刻《ちこく》だ！」


エレベータで一階に降りた時点で、宗太は絶望的な気分になった。

狭い部屋の中なら、ひなたをひとりにもできるが、外の世界は広すぎた。

ひなたは前方確認《かくにん》のための杖《つえ》を握っている。ゆっくり歩けば、ひとりでも学校まではたどりつけるのだろう。

昨日《きのう》、みっちり、道順《みちじゅん》は記憶《きおく》させた。

だが、今は急ぐ必要があるのだ。

方法はひとつしか思い当たらない。

「宗太さんはひとりでお先にどうぞ。遅刻してしまいます。わたしはひとりでだいじょうぶですから」

その発言には何の根拠《こんきょ》も、説得力《せっとく》もなかった。

「わたしは、こう見えても、ワルで通ってるんです。遅刻なんてお手のものですよ」

一度、ぎゅっと目を瞑《つむ》って覚悟《かくご》を決めると、宗太《そうた》はひなたの手を握った。

「あっ」

ひなたの驚きの声に、心臓《しんぞう》が大きく脈《みゃく》打った。

殆《ほとん》どわからないくらいの小さな力で、ひなたが手を握り返してきた。

「申し訳ありません……」

それから、無言のまま一歩ずつ学校に向かって歩き出す。

宗太のアルテミスコードで視覚を補えば、こんな緊張《きんちょう》に満ち溢《あふ》れた登校をしないで済む。だが、長時間能力《のうりょく》を使い続けるのは体に疲労を蓄積《ちくせき》させ、案外負担《あんがいふたん》になるのだ。それに、アルテミスコードの使用は、日本の法律で禁止されている。宗太の場合、左手をポケットに入れてしまえば隠《かく》せるが、どの道、盲目《もうもく》の少女が普通に歩いているのは不自然に見えるだろう。

時間のことは気になっても、宗太はなるべくゆっくり歩くことを心がけた。気を抜くと、すぐにひなたを置いていってしまいそうになる。

歩幅《ほはば》をあわせるのだけでも大変だった。

今、手を放したら、きっとひなたはこの場で立ち尽くし、どこへもいけなくなってしまう。頼れるのは自分しかいないのだと思うと、妙《みょう》な使命感もこみ上げてきた。

同時に、周囲からの視線も気になった。

学校に続く坂道には、ぎりぎりに登校する生徒たちの姿がちらほらあり、嫌でも宗太とひなたの組み合わせは目立ってしまう。

興味《きょうみ》を持って見る者もいれば、ただ目に映っただけという者もいる。だが、彼らがどう思っていようが、それらすべての視線が、宗太にとっては拷問《ごうもん》のようだった。

（知り合いにだけは見られませんように……）

それから他愛《たわい》のない言葉をひなたと二、三交わしているうちに、正門の前に着いた。

そこには宗太の見知った顔が待っていた。

「遅い。遅刻《ちこく》すれすれじゃないの」

両手を腰に当てて、頬《ほお》を膨《ふく》らませていたのは片桐巴《かたぎりともえ》だった。年齢《ねんれい》は二十歳半《さいなか》ば。月乃宮《つきのみや》高等学校の教員だ。生徒会長を務める片桐京《みやこ》の実の姉でもある。

登校後《ご》は、ひなたを巴に預けるようにと、宗太は黒田《くろだ》から指示を受けていた。

「はじめまして、立花《たちばな》ひなたさん。私は本校で物理の教員をしている片桐巴です」

「あ、はじめまして。今日からよろしくお願いします」

挨拶《あいさつ》を終えると巴は宗太を見た。

「あとは私が引き受けるから、真田《さなだ》君は早くクラス表を確認してきなさい」

「あ、はい」

ひなたは巴に連れられて、校舎の方へと歩いていった。その後《うしろ》姿《すがた》を、宗太はしばらくぼんやり眺《なが》めた。それからずっと繋《つな》ぎっぱなしだった左手を見た。

何だか物足りないような気分にさせられた。

（僕は何を考えてる……？）

雑念《ざつねん》を振り払うように、頭を掻《か》き毟《むし》ってから、宗太《そうた》は中庭に駆け出した。

今日から二年生。

新しいクラスの発表がある。

2

教室の中は、にぎやかだった。

始業式を終えた生徒たちが戻ったばかりで、学年が上がって最初のHRまではまだもう少し時間がある。

去年も同じクラスだった者同士《どうし》が、それぞれに分かれて、クラスメイトの観察をしている。その枠《わく》から外れて、宗太は教卓《きょうたく》の上に置かれた席決めのくじを引き、黒板の番号と照らし合わせてから、窓際《まどぎわ》の一番後ろの席に座った。

初日から幸先がいい。誰もが羨《うらや》むベストポジションだ。

教室の中を見回すと、見知った顔もちらほらあった。後ろのドアのところにいた浅井《あさい》と目が合った。浅井が軽く手を上げて挨拶《あいさつ》してくる。宗太は気づかないふりをして、視線を逸《そ》らした。

浅井が大げさにずっこけている。

「おい、無視か！　マジ無視か！　本気で無視か薄情者《はくじょうもの》！　俺のことは遊びだったんだな！」

必死の抗議《こうぎ》の声も、馬鹿の同類《どうるい》だと思われたくないので、宗太は無視することにした。

男女合わせて、四十人近くの生徒がいる。顔ぶれは変わったが、学校という空間そのものが変わったわけでもない、特別なものは何もない。

宗太はHRまでの時間、ぼんやりと空でも眺《なが》めていることにした。

「なになに、男子高校生、父親を殺害。凶器《きょうき》は斧《おの》。犯行《はんこう》の動機《どうき》は、父親にムーンチャイルドではないかと疑われ、違うと言っても信じてもらえず、最近では顔を合わせるたびに暴力を振るわれており、このままではそのうち殺されると思ったから……か」

宗太が視線だけで前の席を見ると、椅子《いす》を斜めに傾けた女子生徒が、新聞を広げて熱心に読んでいた。しかも、全部声《こえ》に出して。

「実に痛ましい事件だ」

短くまとまった髪《かみ》が、いかにも運動部ですと語っている。全身からも健康的な空気が満ち溢《あふ》れている。広げた新聞紙だけがミスマッチだった。

「さっきから人のことをじろじろ見ている君はどう思う？」

宗太はたぶん自分が声をかけられているんだと思いながらも、黙ってやり過ごそうとした。

「鑑賞料《かんしょうりょう》の代わりに、一言くらい付き合うのが筋《すじ》というものだろう？」

仕方がないので、宗太《そうた》は思ったままを口にした。

「斧《おの》ってどこで買ったんだろうな」

「え？」

「だから、凶器《きょうき》の斧」

「あ、ああ」

前の席の女子は眉間《みけん》にしわを寄せて、真剣に考え込む。

「やはり斧と言ったら、武器屋だろう」

まじめな顔で前の女子が言った。

「武器屋か、なるほどな」

宗太もまじめに頷《うなず》いた。

「お前ら、それ何の話だよ。この世界に武器屋はないって」

さっき無視した浅井《あさい》が隣《となり》に立っていた。浅井は校内でもトップクラスに背が高い。近くに立たれると日照権《にっしょうけん》が奪われる。

浅井は宗太と前の席の女子を見比べて、怪訝《けげん》な顔をした。

「宗太と瑞希《みずき》って、知り合いだったっけ？」

「いや、違うけど」

口ぶりからして、浅井は知り合いのようだ。大方《おおかた》、バスケ部の仲間なんだろうと、宗太は浅

井のこざっぱりした頭を見て思った。

「私は柿崎瑞希《かきざきみずき》だ。よろしくな、真田《さなだ》」

体ごと後ろを向くと、柿崎瑞希と名乗った前の席の女子は、手を差し出してきた。その手と瑞希の顔を何度か見比《みくら》べる。仕方なく、宗太《そうた》は握手に応じた。

少し前まで握っていたひなたの手と、思わず比べてしまう。

瑞希の背丈《せたけ》は見たところ平均的だ。単にひなたの手が小さすぎるのだということを、宗太は改めて実感していた。

「私の手がどうかしたのか？」

「あ、いや、別に……よろしく。で、何で僕の名前を？」

「ん？　前に浅井《あさい》に聞いたんじゃないか？」

浅井はこっちの話は聞いてないようで、目で問いかけたが気づいてなかった。代わりに別の話題をにやついた顔で持ち出してきた。

「よかったな、宗太。今年も千歳《ちとせ》と同じクラスで」

浅井の上げた名前に、一瞬《いっしゅん》宗太の体が硬直《こうちょく》した。それからじろりと浅井を見る。その浅井の顔には、からかう気持ちが全力で滲《にじ》み出していた。隠《かく》そうという意思《いし》すら感じない。

「それ以上、その話題を続けたら、去年の水泳の授業中に起きた、お前の恥ずかしい過去をクラス中に公開するぞ」

「ま、待て。お互い冷静になろうじゃないか」

身を引いて、浅井は額《ひたい》から垂れた汗《あせ》を拭《ぬぐ》った。これで余計《よけい》なことを言う人間はいなくなった。

宗太がほっと息を吐《つ》こうとすると、瑞希が口を挟んできた。

「千歳とは誰だ？」

「まあ、詳しい話はおいおいで。それよか、どうするよ、例のやつも同じクラスみたいだぜ」

浅井が強引《ごういん》に話題を変えても、瑞希は食い下がってこなかった。それで、ひとまず宗太は安心した。里見《さとみ》千歳の件にはあまり触れてほしくない。

「例のやつって？」

「ほら、腕《うで》一本でトラック受け止めたっていう」

ああ、と宗太は心の中で相槌《あいづち》を打った。クラス全員の名前が載った名簿《めいぼ》を、浅井が机の上に広げた。

話題に上がった人物の名はすぐに見つかった。

「中条明人《なかじょうあきと》。下校途中《とちゅう》、暴走《ぼうそう》したトラックが、五人の幼稚園児《ようちえんじ》が渡る信号に突っ込んでいくところに遭遇《そうぐう》。とっさにアルテミスコードを使い、園児をかばって暴走トラックを片手で受け止めた。事件後、トラックの運転手は泥酔《でいすい》状態であったことがわかった。園児たちは青信号を渡っており、運転手に過失《かしつ》があったのは明白である」

記事でも読むように、瑞希が言った。

「詳しいんだな」

口の端《はし》を器用《きよう》に片方だけ瑞希《みずき》が持ち上げ、新聞紙をアピールした。

なんとなく中条明人《なかじようあきと》の姿を探すつもりで、宗太《そうた》は教室の中を見回した。いるはずがなかった。

事件が起きたのが去年の十月の初旬《しよじゆん》。それから三日と待たずに、中条明人は学校に来なくなった。いや、来られなくなったのだ。

「幼い命を救った代償《だいしよう》がこれでは報われないな」

新聞をたたむ瑞希の顔に、特別な感情はなかった。それでも、場はなんとなく白けてしまった。

「このまま、どっか別の学校に引っ越しちまうかもな。前もあったろ。そんなこと」

自分で持ち出した話題に、自分で決着をつけると、浅井《あさい》は新たな興味《きようみ》の対象《たいしよう》を見つけたらしく、少し離れたところにいる女子をちらちらと見出した。

それから欲望に忠実《ちゆうじつ》に、女子の集団に突っ込んでいった。馬鹿笑《わら》いをして、早速《さつそく》お近づきになっている。

「あのやる気を、部活でも発揮《はつき》してほしいものだ」

呆《あき》れた様子《ようす》で、瑞希は再び新聞を読み始めた。

「おはよ」

瑞希との会話が途切《とぎ》れたとたん、その声は聞こえた。斜め前の席にひとりの女子生徒が座った。さらさらの髪《かみ》が頬《ほお》をなで、眼鏡《めがね》のレンズ越しに、凛《りん》とした瞳《ひとみ》で宗太を見ていた。

「お、おはよう、里見《さとみ》」

迫力《はくりょく》に負けて、宗太は挨拶《あいさつ》を返した。心の中では、なぜこのタイミングで来るんだと大声で叫んでいた。

彼女こそが、先ほど、浅井が口にした里見千歳《ちとせ》だった。

「同じクラスになってごめんね」

「それは里見のせいじゃないだろ」

じっと相手を見ていることができず、宗太は視線を逸《そ》らした。

その様子《ようす》を、広げた新聞紙で顔を半分隠《かく》した瑞希が興味深《きょうみ》そうに見ている。それから、なるほど、とひとりで納得《なっとく》したようなことを言っていた。

「私と同じクラスだと居心地《いごこち》悪いでしょ？」

「そんなことは……」

ないとは言い切れなかった。

元々はただのクラスメイトのひとりに過ぎない。風紀《ふうき》委員の仕事を千歳がしており、遅刻《ちこく》の取り締まりをする彼女と、遅刻ぎりぎりを生き様《ざま》とする宗太の組み合わせは、必然的に顔を合わせる回数を増やした。どちらかというと天敵《てんてき》同士だった。そのせいで、いつしか自然と話をするようになった。

それが去年のクリスマスを境《さかい》に状況が変わった。

三ヶ月と少し前のことを思い出し、振り払うように宗太《そうた》は首を左右にゆすった。

千歳《ちとせ》は何か言いたそうな顔で宗太を見ていたが、結局何《なに》も言わなかった。我慢《がまん》ができずに先に宗太から口を開いた。

「なんか言いたそうに見えるんだけど？」

「今朝《けさ》」

「ん？」

「誰かと一緒だったでしょ」

宗太の体がギクリと音を立てた。ひなたとの登校を見られていた。それもよりによって、同じクラスの人間に。

別にやましいことはない。だが、それで周囲が納得《なっとく》するはずもない、高校生など面白いことに飢《う》えたハイエナだ。

「別に、いいけど」

本当にどうでもよさそうに、千歳は前を向いてしまった。

「ほどほどにね」

今の千歳の発言がすべてを物語っている。弁解《べんかい》の余地《よち》がない状況だ。それから鞄《かばん》から文庫本《ぼん》を取り出して、千歳は本の世界に入ってしまった。

言い訳をしておきたいが、話しかけられる雰囲気《ふんいき》ではない。

そんな宗太の心情《しんじょう》などお構いなく、前の瑞希《みずき》はマイペースに新聞を読み上げていた。

「女子中学生殺害《さつがい》事件の犯人、未だ捕まらず。警察当局《けいさつとうきょく》は広く情報を集めると共に、事件が発生した月乃宮《つきのみや》の住人に対して、協力と警戒《けいかい》を呼びかけている、か」

瑞希は新聞を折りたたみ、続きの記事に目を落としていた。

「事件発生《はっせい》から今日で一年。殺害現場の状況から、犯人をムーンチャイルドと断定《だんてい》するも、該《がい》当《とう》するアルテミスコードを持つ容疑《ようぎ》者はおらず、捜査《そうさ》は進展していない模様《もよう》。やれやれ、この国は、アルテミスコードを使った犯罪《はんざい》天国にでもなってしまうのかな？」

急に話を振るのは、瑞希の癖《くせ》らしい。

宗太は気持ちを切り替える意味も込めて、瑞希の話に乗ることにした。

「別にアルテミスコードに悪意があるわけじゃない。包丁《ほうちょう》を料理に使うか、殺人に使うかっていうのと同じだよ。アルテミスコードがあってもなくても犯罪は起こる。結局は人の問題だろ」

宗太が答えると、瑞希はほうと感心したような声を上げた。

「真田《さなだ》はすごいな」

「何が」

「真面目《まじめ》で恥ずかしいことを、真顔《まがお》で言えるところがだ。いや、実に参考になった。このクラスはどうやら当たりらしい」

なんだか捉《とら》え所のない瑞希《みずき》は、ひとりで満足して前を向いた。

宗太《そうた》の表情に少しだけ影が落ちた。

今の台詞《せりふ》は、自分がムーンチャイルドだから出た言葉だと自覚していた。誰かがムーンチャイルドを否定するたびに、同じ言葉を心の中で唱えた。

ムーンチャイルドは今の社会の中では日陰者《ひかげもの》だ。それは犯罪という過激《かげき》なイメージで人々にアルテミスコードのことが認識《にんしき》されているせいである。

破壊がすべてではない。それでも一度固《かた》まってしまったイメージはそうそう払拭《ふっしょく》できない。十の善行《ぜんこう》は、一の悪行《あっこう》によってなかったことにされてしまうのだ。だから、学校という空間の中で、誰もがムーンチャイルドであることを明かさない。

統計的な比率《ひりつ》で言えば、未成年の十人にひとりはアルテミスコードを体内に持っている。この教室の中にも、四人はムーンチャイルドがいる計算だ。

学校内に広げれば、その数は百人を超す。

だが、宗太が知っているのは、生徒会長の片桐京《かたぎりみやこ》と、先ほど話題に上がった中条明人《なかじょうあきと》だけだ。他は誰がムーンチャイルドかわからない。

宗太も自分がムーンチャイルドであることは隠《かく》している。他人に知られてどうなるかは、中条明人が証明してくれた。誰もが彼のようにはなりたくないのだ。

そのとき、教室の前のドアが開いた。

白衣《はくい》をまとった巴《ともえ》が姿を見せた。

「はい、席につく」

巴の登場に、教室はどっと沸《わ》いた。巴は男子生徒からも女子生徒からも人気がある。美人で面倒見《めんどうみ》がいいところに男子は惹《ひ》かれ、自立した大人《おとな》の女性である点に女子は憧《あこが》れを抱くようだ。

実の妹である京と、学内の人気を二分しているほどだ。

生徒たちの歓声は、担任が巴だとわかったことへの喜びの声だった。

「はい、静かに」

教壇《きょうだん》に上がった巴の一言で、訓練《くんれん》された兵士のごとく、生徒たちは口を閉ざした。

一番後ろの席のため、宗太にはその様子《ようす》がよくわかった。同時に、隣《となり》の席と、隣の隣の席がぽっかりと空《あ》いているのが気になった。

ひとつは中条明人の席だとわかる。もうひとり誰か休んでいるのだろうか。

「私の紹介は必要ないでしょうから、最初に、転入生《せい》を紹介する」

予想外《がい》の展開に、教室がざわめいた。

宗太は正面と隣の席を見比《みくら》べた。つまり、空席のひとつは転入生のためにあるということだ。

巴は教壇を降りると、教室のドアに近づいていった。

そして、ドアを開けて、体を半分外《そと》に出す。

「ドラマだと、はいってこい、と先生が言う場面だと思うが」

瑞希《みずき》が椅子《いす》を斜めにして、宗太《そうた》に話しかけてきた。

言いたいことはわからないでもない。わざわざ、巴《ともえ》が出向く理由はないように思えた。

だが、転入生が姿を見せると、宗太はそのわけがすぐにわかった。

巴に手を引かれて教室に入ってきたのは、ひなただった。

わけもわからず、宗太は机に突《つ》っ伏《ぷ》して身を隠《かく》した。斜め前の席で千歳《ちとせ》の背中がぴくりと動いた。

やがて、巴に導かれるままに、ひなたは教卓《きょうたく》の前に立った。

ざわめきがさらに大きくなった。小さいだとか、銀髪《ぎんぱつ》だとか、かわいいだとか、かわいいだとか、かわいいだとか、囁《ささや》かれている。

巴が黒板に、立花《たちばな》ひなたと大きくて丁寧《ていねい》な字で書いた。

「彼女は、立花ひなたさん。まだ十四歳《さい》だが、すでに高校の教育課程《かてい》は修了《しゅうりょう》している。ただ、目に障害を持ち、学校生活を知らないため、大学の教育課程を学ぶ前に、特別に彼女を月乃宮《つきのみや》高等学校で受け入れることにした。仲良くしてやってほしい」

巴は凛《りん》とした声で、要点《ようてん》だけを簡潔《かんけつ》に述べた。

宗太の頭の中に浮かんだ疑問の大半《たいはん》がそれだけで解消《かいしょう》した。

よくよく考えれば、すぐにわかっても良さそうなものだった。

朝、ひなたが着ているのは高校の制服であって、中学のものではない。それに登校したのち、なぜ高校の教員である巴にひなたを預けたのか……。宗太は気づかなかった自分が間抜《まぬ》けに思えた。

「立花さん、みんなに挨拶《あいさつ》を」

「は、はい」

巴に言われて、ひなたが緊張《きんちょう》した声をあげる。体は壊れかけの機械みたいにガチガチだ。

「はじめまして、皆さん！　立花ひなたです！　今日からよろしくお願いします！」

上擦《うわず》った声を上げ、ぺこりと頭を下げる。そのまま勢い余って、教卓に額《ひたい》をぶつけた。

笑っていいのかわからずに、教室が微妙《びみょう》な雰囲気《ふんいき》に包まれる。

最初に声を上げたのは、廊下側の席に座った浅井《あさい》だった。忍《しの》び笑いが徐々に大きくなり、最終的には大笑《おおわら》いになった。

「無理……こんなの笑うの我慢《がまん》できっこないって……だはははっ」

腹を抱えながら浅井がなんとか搾《しぼ》り出した。それを切っかけに教室が爆笑《ばくしょう》に包まれた。

「ち、違うんです。今のは特別です。今日だけです。いつもはもっとちゃんとしてるんです！忘れてください！」

爆笑の中心で、ひなたがなにやら必死に弁解《べんかい》をする。顔を真《ま》っ赤《か》にしてがんばっているが、それが余計《よけい》に教室の笑いを誘った。

見かねた巴《ともえ》が、騒ぎを収めると、ようやくひなたも落ち着いた。

秩序《ちつじょ》を取り戻した教室に、すっと手が上がった。

「なに？　浅井《あさい》君」

「クラスの親睦《しんぼく》を深めるために、立花《たちばな》さんに質問タイムを要求します！」

「悪い提案ではないわね。立花さんもいい？」

「あ、はい、がんばります！」

教師と本人の了承《りょうしょう》が出て、浅井を含む男子生徒数名《すうめい》が小さくガッツポーズをした。再度ちらりと自分を覗《のぞ》き見た千歳《ちとせ》の行動が、宗太《そうた》は少し気になったが、どんな質問が飛ぶのかわからず、ひとりではらはらしていた。

趣味《しゅみ》だとか、好きな食べ物だとか、まずは挨拶《あいさつ》代わりの質問が飛ぶ。この程度は、ぼろを出さずにひなたはクリアした。

「はい、では次、浅井君」

元気よく返事をして長身の男が立ち上がった。

「彼氏《かれし》はいますか？」

それまで軽快に返答していたひなたがぴたりと止まった。

「え、え？」

見る見る顔が赤くなっていく。

「い、いたことありません！」
今《いま》現在だけ答えればいいのに、過去も含めてひなたは教えてくれた。
ひなたの返答を受けて、浅井がよしっと気合を入れる。男子がどよめいた。
宗太が頭を抱えると、携帯がぶるぶると震えた。メールの着信だ。
――ふたりの関係、聞いてもいい？
送って来たのは、千歳《ちとせ》だ。
速攻《そっこう》で返事を戻す。
――だめに決まっておろう
斜め前方の席で、千歳がメールを確認する。
なにやら、すごいスピードで文字を打ち始めた。
――白玉屋《しらたまや》のデラックスぜんざいで手を打ってあげる
届いたのは脅迫文《きょうはくぶん》だった。デラックスの名に恥じない二千円もする大物だ。
返信を送る。
――鬼《おに》！　風紀《ふうき》委員がHRでメール打つな
さらにすぐに返事が来た
――白玉屋のデラックスぜんざいと和菓子《わがし》三点盛《も》りで手を打ってあげる
しめて三千円オーバーのコースだった。

——太るぞ

すぐに返信があった。

——白玉屋《しらたまや》のデラックスぜんざいと和菓子《わがし》三点盛《も》りと山盛りあんみつ

千歳《ちとせ》は甘味《かんみ》が好物《こうぶつ》らしい。

——おごらせていただきます

抵抗する気力は失われた。

——ごちそうさま

前を見れば、千歳が肩越《かたご》しに振り向いていた。口元に笑《え》みが浮かんでいる。憎《にく》たらしいが、それ以上に、かわいらしい表情でもあり、宗太《そうた》は情《なさ》けない気持ちになるしかなかった。

そんな最中《さいちゅう》にも質問は着々と進み、ひなたはなぜだか肩で息をしていた。

いったい何と戦っていたのだろうか。

「はい、では次を最後にします。このままだと、馬鹿な男子が、スリーサイズとか、下着の色とか言い出しかねないので」

完全に先読《さきよ》みされたのか、巴《ともえ》の言葉を聞いて、何名かの男子が机に崩れ落ちた。

その隙《すき》に、前に座る瑞希《みずき》が手を上げた。

なんだか嫌な予感がした。

だが、今さら遅かった。

「はい、では、柿崎《かきざき》さん」

名を呼ばれ、瑞希が立ち上がる。運動部らしく背筋《せすじ》がぴんと伸びている。

「真田《さなだ》との関係を教えてください」

教室の視線が一斉《いっせい》に宗太に注《そそ》がれた。

「お前も見てたのか……」

小声で抗議《こうぎ》するが、瑞希は取り合わない。

「今朝《けさ》、手を繋《つな》いで一緒に登校してましたよね？」

クラスメイトの殺気《さっき》が、一気に膨《ふく》れ上がった。浅井《あさい》など、宗太に飛びかかってきそうな勢いだった。その横で、脅迫《きょうはく》のネタを失った千歳が残念そうな顔をしている。

「え、えっと、宗太さんとは、清く正しくお付き合いさせていただいています！」

そのひなたの一言がとどめとなった。

悪気はない。ひなたなりに気を遣《つか》って、注意をひきつけようとしてくれたのだ。それゆえに責めることもできない。

ただ、完璧《かんぺき》に誤解《ごかい》を招く発言だった。

その後、教室は秩序《ちつじょ》を失い、巴も諦《あきら》めてしばらくは静観《せいかん》していた。

HRの終わりを待たずに、宗太に質問の雨あられが降り注いだ。

こうして、真田宗太の月乃宮《つきのみや》高等学校での波乱《はらん》に満ちた二年目は始まった。

3

コンコンと三度目のノックを宗太《そうた》はした。

「お〜い、立花《たちばな》！　起きないとまじで遅刻《ちこく》だぞ〜！」

返事はない。

「起きろー！　起きやがれー！」

何度声《こえ》をかけても、やはり返ってくるのは沈黙《ちんもく》だけだった。

初《はつ》登校からすでに二週間が経過した。最初の質問攻《ぜ》めには正直かなり参ったが、ぎりぎりのところで一緒に住んでいることは隠《かく》し通すことができた。

現状、宗太とひなたは遠い親戚《しんせき》というところで落ち着いている。宗太以外《いがい》に、同年代の親戚がおらず、ひなたが学校に行くという話があがった際に、白羽《しらは》の矢が立ったのだと。

クラスの半分以上からは、信用されていない目で見られたが、宗太はそれで押し通した。今さら同じ質問をしてくるクラスメイトもいない。

そうした慌《あわ》しい一連の騒動《そうどう》を終え、少し油断《ゆだん》をしていたのかもしれない。

ひなたが起きてこない理由ははっきりしていた。

昨日《きのう》、ベッドに潜《もぐ》り込んだのは深夜三時。日付としては、今日になる。

ＴＶを見せたのが、間違いの始まりだった。

ひなたはＴＶを見て大喜びをした。

お笑い番組を見て爆笑《ばくしょう》し、動物番組を見て動物の鳴き真似《まね》をし、ドラマを見て泣き、アニメを見ては表情を輝かせた。

その姿があまりに楽しげだったから、宗太も少々いい気になっていた。

こんなことになるなら、心を鬼《おに》にしてでも寝かしつけるべきだった。

普段、ひなたは十時を回った頃には、なんだか眠たそうな顔をする。そんなひなたが、夜遅くまで起きていれば、こうなるのも自然の成り行きだ。

夜更《よふ》かしに慣れている宗太でも今日は正直かなり眠い。授業中はさぞ気持ちよく寝られるだろう。

「お〜い！　立花〜！　頼むから起きてくれ〜！」

どんどんと少し手荒に部屋のドアを叩《たた》く。

だが、またしても返事はない。

宗太はふうとため息をついた。もはや、残された道はひとつしかない。

「部屋、入るぞ？　開けちゃうからな？　あとで文句《もんく》を言っても知らないぞ？」

実は着替え中だとかいうオチがないことを祈りつつ、宗太はドアノブを回した。

最初は少しだけ隙間《すきま》を開けて中を覗《のぞ》いた。

ひなたはまだベッドの中だった。

思い切って、部屋に入った。

改めて室内を見回した。宗太《そうた》は女の子の部屋だなあと思った。

全体的に白とピンク色で装飾《そうしょく》がされ、扉《とびら》一枚を抜けただけなのに、そこは別世界だった。部屋の全部がやわらかい印象《いんしょう》に包まれている。同じ日の光でも、この部屋で感じた方があたたかいものに思えた。

うさぎのぬいぐるみがベッドの下に転がっていた。踏んづけると危ないので、宗太は壁際《かべぎわ》にぬいぐるみを移動させた。

それから問題のベッドと向き合う。

そこには髪《かみ》の毛のおばけがいた。長すぎる髪の毛が、枕《まくら》全体に覆《おお》いかぶさり、殆《ほとん》ど肌《はだ》が見えてないせいで、ちょっと不気味《ぶきみ》な光景になっている。

肩が一定のリズムで上下する。

「おい、立花《たちばな》、起きろー」

「うう……」

初めて反応が返ってきた。いかにも眠たそうな声だ。

「遅刻《ちこく》するぞ、遅刻だぞ！」

「……あと、一時間」

「そこは普通、五分だろ……」

再び寝息《ねいき》が聞こえてくる。一瞬《いっしゅん》だけ起きて、もう寝たらしい。

仕方がないので体をゆすってみる。

「だから、遅刻するって。置いてくぞー」

「あと……二時間……」

「増やすな！」

「いじわる……」

「いじわるじゃない！」

さらにゆさゆさと体をゆらすと、ひなたの小さな体がくるりと回った。今度は胎児《たいじ》のような格好《かっこう》になる。

よく見ると、胸にぬいぐるみを抱いていた。さっき宗太が片付けたうさぎのぬいぐるみの色違いだ。

再び、安らかな寝息を立てて、ひなたは寝てしまった。

「いい度胸《どきょう》だコノヤロー」

宗太は指でひなたの鼻をつまんだ。

すると、口をかぱっと開けて、ひなたは酸素《さんそ》を確保する。

「や、やりおるな」

口をふさぐのはなかなか難しい。

宗太《そうた》は作戦を変更《へんこう》する。

だが、次なる手段が思いつかない。

さすがに毛布を引っぺがすのは危険だと思えた。

隠《かく》れて見えない部分がどうなっているかわからないのだ。

とりあえず、ほっぺたを突付いてみる。ぷにぷにしていた。

「うう〜」

ひなたは眉間《みけん》にしわを寄せて、嫌そうな顔をした。

ならばと、さらに大胆《だいたん》にひなたのほっぺたをさわった。

「あっ……うっ、う〜ん……」

今度はやけに色っぽい声がひなたの口からこぼれた。

それで宗太は我に返った。

(なにやってんだ、僕は……)

こんなところを誰かに見られでもしたら人生が終わる。

そう思った瞬間《しゅんかん》、背後から聞き覚えのある声がした。

「キャー、宗太君が、寝ている女の子にイタズラしてるー。たいへんだー、へんたいだー」

完全な棒読《ぼうよ》みだった。

宗太がびっくりして振り向くと、そこには制服姿《すがた》の京《みやこ》がいた。

心臓《しんぞう》が跳ね上がる思いだった。

とっさに、宗太は壁まで飛びのき、張りついた。

「な、ななな、なんで、京先輩《せんぱい》が！」

宗太の動揺《どうよう》など気にもせず、京は涼《すず》しい顔をしている。何か企《たくら》んでいるようにも見えた。

それとは別のところで、状況を把握《はあく》していない声があがった。

「朝ですか……なんだか騒々《そうぞう》しい朝ですね……」

ベッドの上で、ひなたがむくりと起き上がった。

毛布がはらりと落ちて、パジャマ姿があらわになる。薄いピンク色をしていて、ひらひらでフリフリがついたやつだ。かなりの少女趣味《しゅみ》だが、ひなたにはよく似合《にあ》っている。

ぬいぐるみもまだ抱っこしたままだった。

猫のようにひなたが顔を手で洗う。

「おやすみなさい……」

「待て待て、寝るな！」

「あれ、宗太さん？」

ひなたはぎこちない動作で、ぬいぐるみを隣《となり》に置いた。とても丁寧《ていねい》な手つきで。随分《ずいぶん》と大切にしているようだ。

「昨晩《さくばん》は少し冷えたので、ちょっと暖《だん》を取っていただけですよ？」

「ああ、そうだな。立花《たちばな》はぬいぐるみを抱かないと寝られないような子供じゃないもんな」

宗太《そうた》は先回りをして言った。

「そ、その通りです！」

それから、ひなたは丸まった毛布を広げようとする。

だが、その行動は、京《みやこ》によって途中《とちゅう》で遮《さえぎ》られた。

「イヤー、かわいいー！」

京は部屋の入り口からベッドにダッシュし、ひなたにひしっと抱きついた。そして、自分の胸にひなたを抱き寄せる。それこそ、ぬいぐるみのように。

「わっ！　わっ！　な、なんですか？　マシュマロのような敵襲《てきしゅう》ですか！」

「写真で見たのより、さらにかわいいじゃない」

たわわに実った京に抱きしめられ、ひなたは幸せの海におぼれていた。苦しそうにじたばたしている。

それを、思わず物欲《ものほ》しそうな顔で、宗太は見つめてしまった。

「そこ、鼻の下を伸ばさない！」

「の、伸ばしてませんよ。そんなもの」

宗太は慌《あわ》てて視線を逸《そ》らした。

「そ、それより、そろそろ立花《たちばな》を解放してあげてください。死んじゃいますよ」

「僕のひなたに手を出すなってこと?」

「違いますって」

「む〜、む〜、む〜」

そろそろひなたも限界が近い。

宗太《そうた》を見て、にんまりと笑ったあとで、京《みやこ》はひなたを解放した。

「ぷはあっ!」

「ほんと、ますますかわいらしいわ〜」

「今のはなんですか? とってもやわらかくて、甘くて、おいしそうな香りがしました!」

ひなたの感想に、宗太の視線が京の体へと向かう。

「どこ見てるのよ」

「や、山とか、谷とかです」

顔の熱さを宗太は自覚した。

「そういう台詞《せりふ》はもっとさらっと言いなさいな」

それから、京はひなたに向き直った。正面に立って、ひなたの肩に両手を置いている。

「はじめまして。あたしは片桐《かたぎり》京」

「こ、こちらこそはじめまして。立花ひなたです」

丁寧《ていねい》にひなたがお辞儀《じぎ》をする。

「月乃宮《つきのみや》高の生徒会長さんですよね？　それに、巴《ともえ》先生の妹さん」

「あら、よく知ってるわね」

「はい、クラスメイトの浅井《あさい》くんが教えてくれました」

ちなみに、浅井が『くん』付けされているのには理由がある。ひなたにとってクラスメイトは全員年上《としうえ》だ。当初、ひなたは普通に『さん』付けで呼ぼうとした。そこで馬鹿な浅井がのたまった。

「クラスメイトなのに『さん』付けなんか味気《あじけ》ない！」

なぜだか、それに宗太以外《いがい》の男子生徒全員が賛同《さんどう》した。結果、男子は苗字《みようじ》に『くん』付けで呼び、女子は名前に『ちゃん』付けをするという形が定着したのだ。

同時に、ひなたも男女問わず、名前で呼ばれている。苗字で呼ぶのは宗太だけになってしまった。

そんなこともあって、距離が縮まったのか、ひなたは簡単にクラスに馴染《なじ》んだ。目のことについても、みんな協力的で、宗太がいなくても大概《たいがい》誰かが手を貸してくれる。

「あと、キョウ先輩《せんぱい》は、知性《ちせい》とエロスをかねそなえた完璧《かんぺき》な女性だと言ってました。先輩の存在はこの世の奇跡《きせき》だそうです」

ちらりと京が宗太を見る。宗太は首を左右にぶるぶると振った。

「僕じゃないですよ。浅井《あさい》だって言ったでしょ?」

「こんなかわいらしい子に、余計《よけい》なこと教えちゃだめよ?」

「わ、わかってますよ。って、それより、京先輩《みやこせんぱい》、どうしてここに?」

京は宗太《そうた》の話に取り合う様子《ようす》もなく、ひなたの頭を撫《な》で撫でしている。ひなたはなすがままだった。

「やっと、新学期のごたごたが落ち着いたから、挨拶《あいさつ》に来たに決まってるじゃないの」

「挨拶、ですか?」

「そそ、あたしたちお隣《となり》さんなんだから」

そう、片桐《かたぎり》姉妹はここの隣に住んでいる。宗太が京と気軽《きがる》に話をできるのも、同じマンションに住んでいるからという接点のおかげだ。本当は、もうひとつ別の理由もあるのだが。

「いや、そうじゃなくて、なんで部屋にいるのかを聞いてるんですよ」

昨晩《さくばん》、鍵《かぎ》はかけて寝た。

「黒田《くろだ》さんから合鍵《あいかぎ》預かってるから」

こともなげに京は言った。

イチゴ牛乳のキーホルダーがついた合鍵を宗太の前にちらつかせる。

鍵のこともそうだが、どれだけイチゴ牛乳がすきなんだよ、と宗太は心の中で激しいツッコミを入れた。

「女の子のことは女の子に聞けってね。宗太君じゃ対処《たいしょ》し切れないところもあるだろうからって言われてさ」

「京先輩は、女の子って感じがあんまりしないですけどね」

「宗太く～ん、なにか言った？」

蛇《へび》のような目が宗太を睨《にら》んでいた。とりあえず、視線を逸《そ》らす。

「けど、僕はそんな話聞《き》いてませんよ？」

「そりゃ、一発目は抜き打ちの方が面白いもの」

「当たり前のこと聞くなって顔で言わないでください。こっちは心臓《しんぞう》止まるかと思いましたよ」

両肩《かた》を大げさに落として、宗太はうなだれた。

「そんなに落ち込むなら、うちの合鍵を代わりにあげようか？」

悪戯《いたずら》っぽい目が宗太を見ている。

「考えてる考えてる」

「い、いりませんよ」

「どもった」

「いりません！」

「そんなにはっきり言われると、それはそれで傷つくなあ」

宗太は完全に京の手のひらで踊らされていた。

　そこに助け船が到来《とうらい》する。

「あ、あの……」

　宗太《そうた》と京《きょう》の会話に口を挟んだのはひなただった。

「黒田《くろだ》さんに頼まれたということは……もしかして、京先輩《せんぱい》も……」

　言葉を選ぶようにひなたは少しずつ言葉を紡《つむ》いだ。

「そう、ひなたちゃんが思ってる通り、あたしもムーンチャイルド。公安特課《こうあんとつか》の一員でもあるから、その辺も含めてよろしくね」

「は、はい。こちらこそ」

　事態が一段落《いちだんらく》して、宗太は体の力を抜いた。どっと疲れた。朝からこれでは今日《きょう》一日がんばれそうにない。

　ふらふらした足取りで、ひなたの部屋を出た。そこでリビングの時計が目に飛び込んできた。

「ああっ！　そんなことより遅刻《ちこく》だって！」

　のんびり談笑《だんしょう》している余裕《よゆう》は、とっくになくなっていた。

4

　時間のかかる着替えは、京が手伝ってくれたおかげですぐに終わった。

ひなたの長い髪《かみ》も、ふたつに結《ゆ》って、寝癖《ねぐせ》ではねているところをごまかしてくれた。

おかげで、普段よりも早く家を出ている。

京に手を取られ、ひなたは宗太の三歩ばかり前を歩いていた。

二本の長い尻尾《しっぽ》が、宗太の視界《しかい》の中で揺れている。

「僕じゃなくて、京先輩と住んだ方がいいんじゃないのか……」

無意識に宗太はため息をついた。

少し前を歩く京とひなたは、何か言葉を交わしては、時折《ときおり》笑い声を上げていた。

最初はどこか緊張《きんちょう》した感じだったひなたも、京の人当たりのよさにすぐに慣れた。今はもう安心した様子《ようす》で懐《なつ》いている。

時々、京が宗太をちらりと振り返る。目は笑っていた。

原因はなんとなくわかっていた。

さっきから、ひなたと京の会話の節々《ふしぶし》に、宗太の名前が上がっている。本人がすぐ側《そば》にいるのに、よからぬ噂《うわさ》話《ばなし》でもしているのだろう。

何の話題かまでは聞き取れなかったが、どうせろくなことじゃないだろうと思って、気にしないでおいた。

そんなことよりも、もっと深刻《しんこく》な問題が今、宗太の身には降りかかっている。

「……こういうのを針のむしろっていうんだろうな」

周囲をうかがいながら、ぽつりと呟《つぶや》く。

学内トップの人気を誇る京《きょう》と、噂《うわさ》の転入生《せい》の組み合わせは、やたらと人目《ひとめ》をひいた。

そのおまけで、宗太《そうた》までもが注目されている。

それも、どちらかというと、負のオーラをまとった視線で。

学校に着くまでの辛抱《しんぼう》だと、宗太は自分を励ました。

そんなことを考えていたせいか、前を歩くふたりが立ち止まっていることに気づかなかった。

「宗太君、近すぎ。チューしたいの？」

我に返ると、京の顔が目の前にあった。

「うわあああっ！」

思い切り悲鳴を上げて後ろに下がった。

「失礼しちゃうわね。あたしはお化《ば》けか」

「だ、だって、急に立ち止まってるから」

「ひなたちゃんが、宗太君に聞きたいことがあるんだってさ」

言われるままに、ひなたを見た。もごもご何か言い辛《づら》そうにしている。

「なに？」

「宗太さんの誕生日は、い、いつですか？」

「……なんで、いきなり誕生日？」

その疑問には京が答えた。

「ほら、来月早々に、お姉《ねえ》ちゃんの誕生日が来るでしょ？　その話をしてたから」

なるほど、そういう話の流れなら、納得《なっとく》はできる。途中《とちゅう》参加した宗太のために、少しは説明を入れてほしかったが。

「僕は七月七日生まれだけど？」

「七夕《たなばた》ですね。なんか素敵《すてき》です」

確かになんでもない日に生まれるよりは特別な気がする。

けど、こういう日には女の子が生まれるべきだと、宗太はなんとなく思っていた。

短い会話が途切《とぎ》れると、妙《みょう》な沈黙《ちんもく》が訪れた。

京を見れば、目で何かを語っている。何を言いたいのかまではわからない。

ひなたを見ると、どこかそわそわして落ち着きがない。

「えっと、立ち止まってないで、そろそろ行かない？」

周囲からの鋭い視線に堪《た》えるのも限界が近かった。

「はあ、宗太君って、なんていうか、残念な感じよね」

「本人を前にして、意味不明《ふめい》な悪口を言わないでくださいよ」

やれやれとばかりに肩をすくめてから、京はひなたの手を取って再び歩き出した。ふたりの反応の意味が読み解けなかった宗太だけが置き去りにされる。

仕方がなく、宗太《そうた》もふたりの背中を追いかけた。

すぐ脇を、自転車が猛《もう》スピードで追い越して行ったかと思うと、急ブレーキで止まった。ブレーキの金切り声が耳に痛い。

「やっほ〜、ひなたちゃん！」

「あ、その声は、由佳里《ゆかり》ちゃんですね」

「そうだよ〜って、あれあれ〜？　キョウ先輩《せんぱい》と仲良しさんなんですか？」

自転車にまたがったまま、ハイテンションで謎《なぞ》の女子生徒がまくし立てている。

「うん。あたしの彼女なの。いいでしょ？」

ひしっと抱きつきながら、京《きょう》がさらっとうそを口にする。誰も信用するはずがない。信じるのは、せいぜい浅井《あさい》くらいだろうと宗太は思った。

「なっ、なんて完璧《かんぺき》な組み合わせ！」

どうやら、浅井レベルの脳みその持ち主が、月乃宮《つきのみや》高にはふたりもいるらしい。

宗太も追いつくと、ひなたの隣《となり》に並んだ。

「他のクラスにも、友達できたのか？」

「はい？　由佳里ちゃんは同じクラスですよ？」

宗太の何気ない疑問に、ひなたの深い疑問が戻ってきた。

自転車を降りた女子生徒を、宗太は目を細めて観察する。記憶《きおく》を辿《たど》るが覚えがない。

「ふむふむ、真田《さなだ》宗太君は失礼なやつであると。千歳《ちとせ》に教えておいてあげないと」

勝ち誇ったような笑《え》みを、由佳里は浮かべている。

「ええと、鈴木《すずき》由佳里さんだっけ？」

「誰が鈴木だ！　適当に確率《かくりつ》高そうなところを言うな！　高坂《こうさか》由佳里よ！　ちゃんとクラスの自己紹介《しょうかい》で言ったじゃないのよ」

確かに自己紹介をした記憶はある。なぜだか、後ろの席からやらされたせいで、宗太は最初にやるはめになった。千歳《ちとせ》の順番くらいまでは記憶にあるが、そのあとはすっぽりと抜け落ちている。

「悪い。たぶん、二十分くらいかけて、まばたきしてたんだと思う」

「目と脳が腐《くさ》ってる」

「初《しょ》対面で酷《ひど》い言《い》い草《ぐさ》だな」

「だから、同じクラスなんだってば！　まったく、あたしとは仲良くしておいた方が、何かと真田君のためだと思うのにな」

「そりゃ、どういう意味だよ」

「あたし、中学はずっと千歳と同じクラスで、仲良かったんだよ？　色々と相談に乗ってあげられると思うけど？　真田君のことも、千歳から色々と聞いてるしね。そりゃ、もう色々と」

うっしっしとわざとらしく由佳里が笑ってみせる。それから黙って手を出す。別に握手を求めているわけではない。どちらかというと、お手を要求されている感じだ。

「僕に犬になれと？」

「いや、そういう趣味《しゅみ》はないし。ケータイ出して、ケータイ」

理由を確認するのも面倒《めんどう》になって、宗太《そうた》は携帯電話を差し出した。残像《ざんぞう》が見えるほどの早撃《はやう》ちで、由佳里《ゆかり》が何やら操作していた。それからあっさりと返される。

開いて見ると、由佳里の番号とアドレスが登録《とうろく》されていた。

「ということで、よろしく！　今度ゆっくり語り合おうじゃないか、真田君《さなだ》」

片目を瞑《つむ》って、にっこりと笑う。それが嫌味《いやみ》にならないやつも珍しいと宗太は思った。ひなたと京《みやこ》に手をぶんぶんと振りながら、由佳里は最初のテンションのまま自転車をすっ飛ばしていった。

宗太は呆然《ぼうぜん》と見送るしかなかった。

「……なんか、嵐《あらし》の後って感じですね」

「元気でいいじゃないの」

「それ、年《とし》食った人の感想みたいですよ……って、いててっ！」

思い切り耳をつねられた。

「由佳里ちゃんはとても親切で、一緒にいて楽しいですよ」

どうやら、あのテンションをひなたは迷惑《めいわく》とは感じないようだ。

正門を潜《くぐ》ると、生徒の数も増えてきて、いよいよ居心地《いごこち》が悪くなってきた。誰もが一度は京とひなたを見て、それから意味深《いみしん》な目つきで宗太を見据《みす》える。

だが、それ以上、宗太が自分の身を案じているヒマはなかった。

風で飛んできた桜《さくら》の花びらを、宗太が手で振り払った瞬間《しゅんかん》だった。

昇降口《しょうこうぐち》の方から、空気を切り裂くような悲鳴が聞こえた。

周囲を歩いていた数十名の生徒が、一斉《いっせい》に身を縮めた。

「いったい、なんだよ、今の」

少し前を歩いていた男子生徒が震えた声を出した。

「宗太君、ひなたちゃんをお願い！」

京は返事も待たずに駆け出す。

一瞬《いっしゅん》にして、場は緊迫《きんぱく》した空気に支配された。見慣《みな》れた景色がまるで別の色に見える。周囲のざわつきが、焦燥感《しょうそう》を運び込んできた。

「なにがあったんですか？」

「わからない。僕たちも行ってみよう」

昇降口にいた生徒たちが、一斉に飛び出してくる。

誰もが恐怖に声を上げている。足がもつれて転ぶ生徒もいた。

ひなたを守りながら、宗太は人の波を掻《か》き分けて前に進んだ。

視界《しかい》が開けた。

「宗太《そうた》君はだめ！」

京《みやこ》が叫んだが一瞬《いっしゅん》だけ遅かった。

最初、目に何が映っているのか、わからなかった。

二度まばたきをしたあとで、開いた下駄箱《げたばこ》の中にあるものを認識《にんしき》した。

人の生首《なまくび》だった。

黄土《おうど》色《いろ》に変色した皮膚《ひふ》。目は恐怖に見開かれている。気持ちが悪いと思っても、なぜだか見てしまう。何より見過《みす》ごせなかったのは、生首を重りにして、下駄箱から垂れ下がった布きれだった。

そこには、血のように真《ま》っ赤《か》な文字でこう書かれていた。

――この者、女子中学生殺害《さつがい》事件の犯人につき、血の制裁《せいさい》を下した。執行人《しっこうにん》

第三章　雨が降る

1

警察の事情聴取《ちょうしゅ》を終え、宗太《そうた》とひなたが家に帰り着いたのは、日付が変わる寸前《すんぜん》だった。

おかげで、ひなたは眠そうにふらついている。

下駄箱《げたばこ》で生首《なまくび》が発見されてから、すでに十六時間が経過した。

殺されたのは、月乃宮《つきのみや》高等学校の三年生。京《みやこ》と同じクラスの柴田武史《しばたたけし》と確定した。第一発見者は、生首が収納《しゅうのう》されていた下駄箱を使っていた高坂由佳里《こうさかゆかり》。こちらは宗太とひなたのクラスメイトだった。由佳里はショックでまともに口を利ける状態ではなく、事情聴取が全然進《すす》まないと若い刑事がぼやいているのを、宗太は警察署《しょ》で聞くことになった。

無理もないと思えた。あんな光景を目《ま》の当たりにして、平然としている方がどうかしている。

犯人が残したと思われる例のメッセージの真偽《しんぎ》についても、警察の裏づけ捜査《そうさ》により結論が出ていた。

すなわち、柴田武史は女子中学生殺害《さつがい》事件の犯人であると。

殺人犯が別の殺人犯に殺されたのだ。

執行人《しっこうにん》を名乗る謎《なぞ》の犯人の正体は未だ不明。目星《めぼし》すら立っていない。

おかげで、全校生徒が事情聴取を受けるという異例《いれい》の事態となった。

当然、学校は休校。明日もその予定だ。このまま、ゴールデンウィーク明けまで、再開されない予感もした。

事件の異様《いよう》さに、各《かく》報道メディアはこぞって食いついた。大手《おおて》新聞各社は、当然のように夕刊のトップ記事にした。昼のワイドショー、夕方のニュース番組でも、大々《だいだい》的に取り上げられていた。

「お、なかなかの食材が揃《そろ》っているじゃないの」

宗太が風呂《ふろ》から上がると、台所の方から声が聞こえてきた。振り向くと、冷蔵庫の中を漁《あさ》っている京の姿があった。

「なんで、うちに京先輩《せんぱい》がいるんですか」

京も風呂上がりのようで、髪《かみ》の毛がかすかに湿っている。

「今日はお姉《ねえ》ちゃん帰ってこないだろうから、ここでご飯《はん》食べることにしたの」

「したの……って、せめて、一言《ひとこと》断ってからにしてくださいよ」

「だめ、なの？」

京が上目遣《うわめづか》いでちらちらと宗太を見た。破壊力抜群《ばつぐん》の仕種《しぐさ》だった。

「だめじゃないです」

にんまりと笑うと、京は手際《てぎわ》よく料理を始めた。今さら止めることもできず、宗太はさせたいようにさせた。

殺人事件を目撃《もくげき》した直後となれば、誰かといたい心境《しんきょう》になったりもするのかもしれない。それがたとえ京《みやこ》であっても。

「なんか、失礼なこと考えてるでしょ」

「考えてませんよ。失礼なことなんて。なあ、立花《たちばな》」

誤魔化《ごまか》すつもりで話を振ったが、すでにひなたはソファで寝ていた。仕方がないので、部屋から毛布を持ってきた。

それから、ＴＶの前に座って、京の料理が完成するのを待つ。

どこもスポーツニュースの時間帯《たい》になっているせいで、事件のことはやっていなかった。

そうこうしているうちに、京が料理をテーブルに並べた。

ご飯に、味噌汁《みそしる》に、焼き魚というべたな和食の献立《こんだて》。そこに、サラダがついている。

「ひなたちゃんは起こさない方がよさそうね」

規則正しく繰り返されていたひなたの呼吸が止まった。体を起こして、感覚を研《と》ぎ澄《す》ますようにしばらくじっとしている。

「……飯、食うのか？」

「はい、食べます」

ひなたが食べやすい位置に、宗太《そうた》は料理を並べる。それから、それぞれの皿や茶碗《ちゃわん》を実際に手で触れさせ、メニューを伝えた。こうすれば、ひなたの食事は随分《ずいぶん》と楽になることを、今日までに学んでいた。

京に見られながらというのは照れくさかったが、特に冷やかしてはこなかった。

ただ、じっとTVを見ている。

京が音声のボリュームをリモコンで上げた。

画面が綺麗《きれい》なスタジオから、雑然《ざつぜん》とした報道局《きょく》に移動していた。

『番組の途中《とちゅう》ですが、ここで臨時《りんじ》ニュースをお伝えします』

嫌な予感がした。アナウンサーの緊張《きんちょう》した面持《おもも》ちが、その悪い予感に拍車《はくしゃ》をかけてくる。

『早朝に起きた、女子中学生殺害《さつがい》事件の犯人が殺されるという事件の続報《ぞくほう》が届きました。こちらをご覧《らん》ください』

真《ま》っ黒《くろ》の画面に、血のような赤い文字で短い文章が映し出された。

――次は、ホームレス通《とお》り魔《ま》殺人事件の犯人に血の制裁《せいさい》を下す。執行人《しっこうにん》
料理を口に運んでいる京の手が止まっていた。

『同様《どうよう》の文面《ぶんめん》が、警察並びに、各《かく》新聞社、それにTV局にメールで送信されてきました。警察の調べによりますと、発信元《もと》は先の事件の被害者となった柴田《しばた》武史《たけし》さんの携帯電話であり、悪戯《いた》《ずら》の可能性は低いとのことです』

「犯行予告《よこく》とはなめた真似《まね》してくれるじゃないの」

京《みやこ》が面白くなさそうにアナウンサーを睨《にら》んでいた。

服の裾《すそ》をひなたに引っ張られ、宗太《そうた》は思い出したように、アルテミスコードを発動させた。左手がほんのりと熱を持つ。

TVには再び、犯行予《よ》告《こく》の一文が表示《ひょうじ》されていた。

「また、誰かが殺されるんですか？」

少し震えた声に宗太が言葉を詰まらせると、京が答えた。

「たぶん、この犯人はやるでしょうね……」

「京先輩《せんぱい》……ホームレス通《とお》り魔《ま》殺人事件っていうのは？」

「あまり報道されなかったから知らないのも無理はないか。事件発生《はっせい》は去年の五月。ゴールデンウィークの最中《さいちゅう》だったはずよ。場所は月乃《つきの》宮《みや》の駅地下《ちか》。ダンボールハウスごと、中年の男性ひとりが燃やされて死んだわ」

「当然のことながら、犯人は？」

「捕まってない。容疑者《ようぎしゃ》らしい容疑者も見つかってないくらい。火の手があがった原因も不明。鑑識《かんしき》が死ぬほど調べたのにね。難しいのよ。アルテミスコードを使った犯罪っていうのは。証《しょ》拠《うこ》も全然残らないから」

京が奥歯《おくば》を嚙《か》み締めるのがわかった。

黒田《くろだ》の要請《ようせい》で、事件解決《かいけつ》のために出動していたのだろう。

「そもそもアルテミスコード自体、得体《えたい》が知れないものですもんね」

不思議《ふしぎ》な現象《げんしょう》を引き起こす謎《なぞ》の文字式《しき》。その存在が確認されてからすでに十四年が経過した。各国、各機関が競争するように研究を進めているが、アルテミスコードは誰が作り、何のために存在するのかわからずにいる。

わかっているのは、アルテミスコードが十四年前に落下した月のかけらに付着していたということ。それを体内に宿した子供には不思議な能力が備わること。そして、アルテミスコードが有機体《ゆうきたい》であるということくらいだ。

アトランティス文明の遺産《いさん》だとか、宇宙人の残した知識だとか、はたまた神の英知《えいち》の結晶《けっしょう》などというオカルト記事も含めれば、仮説《かせつ》はそれこそ星の数ほど存在している。

そのなんだかよくわからないものを使って、不可思議《ふかしぎ》な事件が起こる。難しくなるのが必然だった。

「柴田《しばた》武史《たけし》の件は、どうだったんですか？　こっちも警察はノーマークだったみたいですけど」

「そう。それが引っかかるのよね」

「と、言うと？」

「公安特課《こうあんとっか》もそうだけど、殺人となれば、本庁《ほんちょう》捜査《そうさ》一課の縄張《なわば》りよ。当然、血眼《ちまなこ》になって犯人を探してた。それでも、手掛かりすらつかめない事件だったのよ。女子中学生殺害《さつがい》事件っていうのはね。なのに……」

「執行人《しっこうにん》はあっさりと犯人を見つけて、しかも殺した」

「ええ。検査が終われればはっきりすると思うけど、柴田《しばた》武史《たけし》もムーンチャイルドだったはず。それも、能力の危険度《ど》としてはステータスIIか、あたしと同じステータスIIIのアルテミスコードを持ったね」

「誰かに易々《やすやす》殺されるような人間じゃなかったって言いたいんですか？」

京《みやこ》は静かに頷《うなず》いた。

確かにそうなのだろう。確実にステータスIIIに分類されるひなたには、銃弾《じゅうだん》すら通用しなかったのを宗太《そうた》は目《ま》の当たりにしている。形は違えど、同等レベルの力を持つムーンチャイルドであれば、簡単に命を奪われることはないはずだ。

特異《とくい》な効果を発現するアルテミスコードに対抗できるのは、現在のところ、同じくアルテミスコードしかない。一般《いっぱん》警察で対処《たいしょ》可能なのは、宗太のようなステータスIの能力者までだ。ステータスIIで対処が難しくなり、ステータスIIIともなれば対処が不可能となる。

だからこそ、未成年《みせいねん》でありながら、公安特課《こうあんとっか》に所属して、ムーンチャイルドの犯罪者を捕らえるために、京のような存在が必要となるのだ。

「ま、不意をつかれれば、どんな能力を持っていても、同じなんだけどさ」

京はお椀《わん》に手を伸ばすと、味噌汁《みそしる》をおいしそうにすすった。

その横で、ひなたがごちそうさまでしたと手を合わせている。よしよしと、京に頭を撫《な》でられると、気持ちよさそうに猫みたいな声を出した。

「犯人の狙《ねら》いってなんなんでしょうか。殺人予告《よこく》なんて普通じゃないですよ」

「目立ちたがりの愉快犯《ゆかいはん》か、復讐《ふくしゅう》か、何かを隠蔽《いんぺい》するための派手《はで》な目くらましか……他に可能性があるとしたら……」

「警察に対するあてつけ、とかですか？」

事実、殺人犯を殺人犯に奪われたとして、各《かく》報道メディアで警察を叩《たた》く声も上がっている。

「あはは、今頃《いまごろ》黒田《くろだ》さんが、上からどやしつけられてる頃かもね」

上司《じょうし》からの説教《せっきょう》を聞き流している黒田の姿が頭に浮かんだ。

「ひなたちゃんはもう限界っぽいわね」

京に寄りかかったまま、ひなたは再び夢の世界の住人となっていた。宗太は何も言わずに立ち上がり、歯ブラシを持ってきて、ひなたに握らせた。条件反射《はんしゃ》のようにひなたが歯を磨《みが》き始めるが、途中《とちゅう》で止まってしまう。ため息を吐いてから、宗太は歯ブラシを奪い、ひなたに口を開けさせた。

そのやり取りを、京が微笑《ほほえ》ましく見ていた。

「そういう目で見るのやめてくださいよ」

「あらあら、いいじゃないの。最初はどうなることかと思ったけど、結構《けっこう》、上手《うま》くやってるみたいで安心したわ」

「上手《うま》くやるしかありませんから」

「殊勝《しゅしょう》な心がけだ」

そう言って京《みやこ》はあくびと伸びを一緒にした。

「さて、それじゃ、今日はもう寝ようか」

「事件のこと放っておいていいんですか？　殺人予告《よこく》まで出されてるのに」

「あたしのお仕事は、犯人をノックアウトして捕まえることよ。誰が犯人かを探るのは、黒田《くろだ》さんとかお姉《ねえ》ちゃんのお仕事」

「そりゃ、わかってますけど」

「捜査《そうさ》に加わっても、今はまだあたしたちには何もできないよ。残念だけどさ」

京は宗太《そうた》の肩をぽんと叩《たた》くと立ち上がった。それからひなたを抱きかかえて、部屋に連れて行く。

「宗太君もおやすみ」

「あ、はい。おやすみなさい」

京はひなたと一緒に、部屋へと消えていった。

しばらく宗太は待っていたが、京が出てくる気配《けはい》はない。

「まさかと思うけど、泊まるのか……」

宗太はため息をひとつ残して、自分の部屋に引きこもった。

ベッドに倒れこむと、すぐに睡魔《すいま》がまぶたに重く圧《の》しかかってくる。事件のことは気になったが、抗《あらが》うことはできなかった。

京の言う通り、今は何もできない。その言葉がやけに頭に鮮明《せんめい》に残っていた。

それでも、朝から始まった一連の騒動《そうどう》の疲れは重く、宗太はまどろみの中に沈んでいった。

翌日《よくじつ》、事態は悪い方向に大きく進展《しんてん》することになる。

ホームレス通《とお》り魔《ま》殺人事件の犯人が、またしても生首《なまくび》で見つかったのだ。

殺されたのは、高坂由佳里《こうさかゆかり》。前の事件の第一発見者であり、宗太のクラスメイトだった。

そして、宗太を一番に驚かせたのは、その容疑者《ようぎしゃ》として警察に捕まったひとりの人物の名前だった。

里見千歳《さとみちとせ》。容疑者もまた、宗太のクラスメイトだった。

2

ゴールデンウィークを目前に控えて、授業は再開された。

金曜日の昼下がり、ぽかぽかの陽射《ひざ》しが窓から差し込んでいる。

早々に弁当を食べ終えた宗太は、机に突《つ》っ伏《ぶ》して昼休みを過ごしていた。隣《となり》の席にひなたの姿はない。クラスの女子に連れ出されて中庭で昼食を取っている。

その様子《ようす》は教室からも眺《なが》めることができた。

三人のクラスメイトに囲まれて、まだちょっと緊張《きんちょう》しながらも、楽しげに笑っていた。

すっかりクラスに馴染《なじ》んでいる。自然と宗太《そうた》の顔が綻《ほころ》んだ。

「雛鳥《ひなどり》の巣立ちを喜ぶ、親鳥《おやどり》の心境《しんきょう》か、そのたるんだ顔は」

もはやトレードマークとなっている新聞から顔を上げて、瑞希《みずき》が薄く笑う。

「ほっといてくれ。お前も同じ立場になればわかるよ」

言葉通り、瑞希はそれ以上《いじょう》宗太に絡んでこなかった。熱心に新聞の記事を読んでいる。

広げられた新聞の一面記事が宗太の目の前にあった。ふたりの犯罪者が連続して殺された事件の内容で、全面が埋め尽くされている。最初の遺体《いたい》発見現場《げんば》となった学校の昇降口《しょうこうぐち》の写真が、でかでかと載っていた。

見慣《みな》れた場所が、全然違《ちが》ったものに見える。

斜め前の千歳《ちとせ》の席を見た。当然、空《から》っぽだ。昼飯《ひるめし》をどこか別の場所で取っているわけではない。今日、千歳は学校に来ていない。月乃宮《つきのみや》警察署に勾留《こうりゅう》されていることを宗太は知っていた。

恐らく、勾留期限《きげん》が過ぎるまでは、取調室《とりしらべしつ》から出られないだろう。

千歳が欠席している理由を、他のクラスメイトは当然知らない。宗太は京《みやこ》を通して、黒田《くろだ》からそのことを知ることができた。

京も取り調べに付き合っているため、今日は学校には来ていない。千歳が本当に犯人だった場合の予防線《せん》だ。要するに、犯人が暴れた際に、取り押さえる役目が必要なのだ。

「里見《さとみ》がどうかしたのか？」

またしても意味深《いみしん》な目で、瑞希は宗太を見ていた。

「別に」

「休むのも無理はないと思う。彼女、間近《まぢか》で例の生首《なまくび》を見たそうだからな」

「ふ〜ん、そうなのか。なんで、柿崎《かきざき》がそんなこと知ってるんだ？」

「事情聴取《ちょうしゅ》の帰りに会ったんだ。真《ま》っ青《さお》な顔をしていたな。何より、高坂《こうさか》の件が一番大きいのではないのか？」

由佳里《ゆかり》には今度ゆっくり語り合おうなどと言われたが、その約束は叶《かな》えられなくなった。

教室のほぼ真《ま》ん中《なか》にある由佳里の机には、担任の巴《ともえ》が置いた花瓶《かびん》に、一輪《いちりん》の花が添えられている。

そこだけが、なぜだか隔絶《かくぜつ》された別の世界に見えた。

クラスメイトの誰もが、殺された由佳里と、どういった距離で接すればいいのかわからずにいるのだ。

由佳里は被害者であり、そして殺人者でもある。執行人《しっこうにん》を名乗る犯人が示した通り、今回もまた、警察は高坂由佳里をホームレス通《とお》り魔《ま》殺人事件の犯人として断定した。近く書類送検《そうけん》する旨《むね》を報じた。

そんな状況を察してか、最初の犠牲者《ぎせいしゃ》である柴田武史《しばたたけし》同様《どうよう》、高坂由佳里《こうさかゆかり》の通夜《つや》は、身内《みうち》だけの慎《つつ》ましいものだった。それでも、マスコミがカラスのように群がり、ワイドショーでは見ていられない映像が長々と流された。

ブラックの缶コーヒーを飲みながら、宗太《そうた》は教室の中を見回す。

事件のことなど気にしていない生徒も多い。全員が深刻《しんこく》に受け止めているわけではないのは明白《めいはく》だった。どこか他人《ひと》ごと。それも仕方がない。

全員が柴田武史の生首《なまくび》を見たわけでもなければ、高坂由佳里と親しかったわけでもない。まだ新しいクラスになって日も浅いのだ。

逆に、少しでも関係していた人間は、殆《ほとん》どが欠席している。

「執行人《しっこうにん》とは何者なんだろうな」

問いかけというよりも、宗太には独《ひと》り言《ごと》に聞こえた。無視して、聞き流すこともできた。けど、宗太は思ったままを自然と口に出していた。

「人殺しの最低やろうだよ」

「手厳《てきび》しい意見だな」

「どこがだよ。ごく一般的な意見だと思うぞ」

何か試すような目が、宗太を見ていた。真剣な瞳《ひとみ》の中に、どこかこの会話を楽しむ意図が見え隠《かく》れしている。少しだけ宗太は不快だった。

「真田《さなだ》とは別の意見を持った人間も存在している」

瑞希《みずき》はある記事を差し出してきた。

見出しには『執行人に涙の感謝』と書かれている。深く内容を読まなくても、何の記事かが宗太にはわかった。

執行人に最初に裁かれた柴田武史。彼が起こした事件の被害者の家族が、執行人に対して感謝の想いを示したのだ。その場面は、昨日《きのう》のニュース番組で繰り返し流され、宗太も十回は目にしている。

「お前ら、よく教室で堂々とそんな話してんな」

手元が暗くなったと思えば、浅井《あさい》が立っていた。手にしたバスケットボールで、シュートの構えを取る。放たれたボールはきれいな弧《こ》を描き、見事ロッカーに収まった。

そのことを瑞希に誉《ほ》められても、浅井は俯《うつむ》いてため息を吐《つ》いた。

「馬鹿で元気が美徳《びとく》の浅井らしくないため息だな」

「俺らしいため息ってのはどんなだよ」

「そっちの意味じゃなくて、ため息をすること自体が、らしくないって意味だ」

「わかってるよ。そんなの」

そこでもう一度《いちど》浅井はため息を吐いた。

浅井《あさい》の目線《めせん》が教室内を彷徨《さまよ》い、最終的に高坂由佳里《こうさかゆかり》の席に定まった。

「俺、結構《けっこう》本気で狙《ねら》ってたんだけど……人間ってわからねえよ。ま、ムーンチャイルドだって分かっちまったら、急に覚めたけどさ」

言いたいことはそれで済んだらしく、浅井はふらふらの足取りで自分の席に戻っていった。

残された宗太《そうた》と瑞希《みずき》は再び顔を見合わせて、言葉をなくした。

昼休みの終了《しゅうりょう》五分前を告げる予鈴《よれい》がなった。

それにあわせて、教室の後ろの扉《とびら》が開く。

入ってきたのは、千歳《ちとせ》だった。つかつかと平然とした様子《ようす》で自分の席までやってくる。鞄《かばん》を置き、筆記《ひっき》用具と午後の授業に必要な教科書を取り出した。

「なに？」

千歳は振り向きもせずに、鞄に手を突っ込んだまま言った。

「見てたでしょ？」

窓の外に視線を逸《そ》らしてやり過ごそうとしたが無駄《むだ》だった。無感情な千歳の顔が宗太を見ている。

「いや、遅刻《ちこく》なんて珍しいと思って」

少し声が上擦《うわず》っているのを、宗太は自覚した。

「それだけ？」

「それだけだよ。他に用はないって」

「前から思ってたけど」

「ん？」

「真田《さなだ》君って変よ」

「面と向かってストレートにそう言える里見《さとみ》も相当変だと思うぞ」

「そっか。それもそうね」

今の会話で気が晴れたのか、千歳は前を向いてしまった。鞄から出した文庫本《ぼん》を広げて読み始める。その背中を宗太はじっと見つめた。

普段と何か違った様子《ようす》はない。取り調べで疲れた風《ふう》でもない。いつも通り、まったく心のうちを千歳は読ませなかった。

それが宗太の不安を煽《あお》ってくる。

これではさぞ警察の心証《しんしょう》も悪かったことだろう。

その上、厄介《やっかい》な偶然が重なってもいるのだ。瑞希の開いた新聞記事《きじ》が、丁度《ちょうど》その部分に触れていた。

犯人からの次なる犯行予告《よこく》はいつ来るのか。

少なくとも、千歳が勾留《こうりゅう》されている期間、犯人からの新たな犯行予告が出されることはなかった。

宗太《そうた》だって気づいている事実だ。黒田《くろだ》や本庁《ほんちょう》の刑事たちが、この点に着目《ちゃくもく》していないはずがなかった。

宗太の思考《しこう》を遮《さえぎ》るように、昼休みの終わりを告げるチャイムが鳴った。

クラスメイトに連れられてひなたが戻ってくる。

「あれ、千歳《ちとせ》ちゃん、います？」

席に座るなり、気配《けはい》を感じ取ったのか、ひなたが疑問を口にした。

「うん。さっき来たの。あとで午前の授業で進んだところ、教えてくれる？」

「は、はい。任せてください。こう見えても、勉強はできるんですよ」

えっへんとひなたが胸を張る。千歳がおかしそうに微笑《ほほえ》んだ。

こんな風《ふう》に笑える人間が人を殺せるんだろうか。宗太にはとても千歳が犯人だとは思えなかった。

だが、それを言ったら、高坂由佳里《こうさかゆかり》にも同じことが言える。誰も彼女が人殺しであることになど気づかなかった。彼女は明るくてテンションの高い、ただの女子高生にしか見えなかったのだ。

それから放課後《ご》になるまで、千歳の背中から目を離せなくなっていた。

3

放課後を待って、宗太は事件の詳しい経過を聞くために、京《きょう》がいる三年の教室に向かった。正しくは千歳の容疑《ようぎ》が晴れたのかを聞くために。

隣《となり》にはひなたの姿もある。用事は自分だけでも済ませられるのだが、さすがにまだひとりで帰らせるのは気が引けた。執行人《しっこうにん》が月乃宮《つきのみや》の街に潜《ひそ》んでいる可能性は高い。

京の教室に行くと、すでに人の姿はまばらだった。京の姿もない。残っていた生徒に京の所在を確認すると、たぶん生徒会室だと教えられた。

宗太はお礼を言ってから三年の教室を出ると、廊下に待たせていたひなたに近づく。

「京先輩《せんぱい》、いないんですか？」

「よく、僕が来たってわかったな」

廊下には帰ろうとしている生徒の姿がちらほら見える。気配や音で、宗太だけを識別《しきべつ》できるとは思えなかった。

「宗太さんは、少しかかとを擦《す》る癖《くせ》があるのでわかりやすいんです」

「足音でわかるのか……」

宗太は試しに目を瞑《つむ》った。耳を澄《す》ませて周囲の足音を拾う。幾《いく》つもの音が混ざり合って、個人差《さ》を聞き分けるなど到底《とうてい》不可能だった。

「とにかく、京 先輩《みやこせんぱい》は生徒会室らしい」

本題に戻ると、宗太《そうた》はひなたを連れて生徒会室に向かった。

一般教室から離れると、廊下に人通りはなくなった。視聴覚室《しちょうかく》の隣《となり》にある、生徒会室の扉《とびら》を宗太は二度ノックする。

すると、すぐに中から返事があった。

「誰？」

巴《ともえ》の声だった。京の返事を期待していた宗太は少し驚いた。

「あ、あの、真田《さなだ》宗太です」

「どうぞ」

ドアをスライドさせて開くと、生徒会室の中に入った。部屋の中には、意外《いがい》なことに巴と一緒に瑞希《みずき》の姿があった。京の姿はない。

「柿崎《かきざき》、なんでお前が？」

運動部らしく、さわやかに瑞希が笑《え》みを作る。

「私も黒田《くろだ》さんの手伝いをしていると言えば、説明としては十分だな？」

確認するように宗太は巴を見た。巴がゆっくりと頷《うなず》く。

京の他にも公安特課《こうあんとっか》に所属する人間はいると聞いていた。属するメンバーが明かされていないのは、公安特課の存在自体《じたい》が、機密性《きみっせい》の高いものであるためだ。

最初に京が仲間だと知ったのも、紹介《しょうかい》されてというわけでもなかった。

「柿崎には一年ほど前から現場に出てもらっている」

巴が説明を付け足してくれた。巴にも二つの顔があり、高校の教員というのは表向《おもてむ》きの姿に過ぎない。本来は公安特課の刑事であり、校内でのアルテミスコード使用を監視《かんし》するために、教師に成りすましているのだ。

「とは言え、この程度のことしかできないのだがな」

口を動かしながら、瑞希はアルテミスコードを発動させた。両手を包み込むように文字式《しき》が周囲を回り、手のひらの中心に水が現れたかと思うと、すぐに氷に姿を変えた。

「詳しい能力の説明は、巴先生《せんせい》にお願いできますか?」

「柿崎の力は、物質の状態を変化させることだ。気体、液体、固体という三つの状態を自在《じざい》にコントロールできる」

説明が終わるのを待ってから、氷は水に戻され、やがて水蒸気《すいじょうき》となって大気にまぎれて見えなくなった。

「夏になったら便利そうな能力だな」

宗太の率直《そっちょく》な感想に、瑞希は苦笑《にがわら》いを浮かべた。

「ああ、その通りだな。犯人逮捕《たいほ》の現場ではさほど役に立たない」

アルテミスコードの実用性に、瑞希《みずき》は頓着《とんちゃく》している様子《ようす》はなかった。淡々《たんたん》とさらに説明を続ける。

「主にキョウ先輩《せんぱい》のバックアップが仕事だ。私の力はミドルレンジだから、時々だが有効に働く場合もあるんだ」

アルテミスコードの効果範囲《はんい》は、大きく三つに分類されている。すなわち、ひなたのように、力が数メートルの範囲にしか及ばないショートレンジ。十数メートルにまで届くミドルレンジ。数キロ単位で力を発現できるロングレンジの三つだ。

ショートレンジは、攻撃性の高い能力が多く、ミドル、ロングと効果範囲が広がるに連れて、攻撃性は下がって行く傾向がある。

ちなみに、宗太《そうた》の力は数キロ先まで届くロングレンジだ。

話が途切《とぎ》れると、瑞希は何か約束でもあるのか、時計を気にしていた。巴《ともえ》も同様に、時間を確認している。

「来るわね」

そう言って、生徒会室の隅《すみ》に、巴が移動する。

「そこ、危ないわよ」

意味がわからずに宗太は首をひねった。同じくわかっていないはずのひなたは、とにかく危ないという言葉に反応して後ろに下がった。瑞希も背中を壁に預けている。

宗太《そうた》だけが不思議《ふしぎ》そうな顔で突っ立っていた。

するとその宗太の足元に、アルテミスコードの文字式《しき》が突如《とつじょ》浮かび上がった。身に覚えのある出来事だった。慌《あわ》てて天井《てんじょう》も確認する。そこにも同じアルテミスコードがあった。

やばいと思ったときには遅かった。

何もなかったはずの空間に、突如人影《ひとかげ》があらわれ、宗太の視界《しかい》を埋め尽くした。

「ちょっ、待った！」

声に反応して、あらわれた人物が宗太を見下ろす。目があった。正体は京《みやこ》だった。

「あれ？　宗太君？」

逃げなければ落下してくる京につぶされる。だが、悲しいかな、宗太の本能は別のことを優先させた。視線がある一点に向かう。

京の手がすかさずスカートを押さえた。あ、と口を開けた宗太に対して、京が得意げな笑《え》みを浮かべる。

「残念でした。それと、先に言っとく。ごめんね！」

早口にそれだけ言うと、京は早速《さっそく》宗太の顔面を踏みつけた。宗太はバランスを崩して転倒《てんとう》する。京は見事に着地《ちゃくち》に成功した。

踏まれた顔を拭《ふ》きながら、宗太はすぐに体を起こした。だが、不運はまだ終わってなかった。

再び宗太の周囲が影で覆《おお》われた。

「キョウ先輩《せんぱい》は、強引《ごういん》ですよ……って、あれ？」

上を見るとお尻《しり》が喋《しゃべ》っていた。足を伸ばした状態で座っている宗太に回避《かいひ》は不可能。重たい衝撃《しょうげき》が宗太の首に襲《おそ》いかかり、ぐきりと嫌な音を鳴らした。目の前が真《ま》っ暗《くら》になっていく。

「ご愁傷様《しゅうしょうさま》」

最後に耳にしたのは瑞希《みずき》の声だった。情《なさ》けないことに、宗太はそこで意識を失った。


「首……折れてないですよね」

目を覚まして最初に痛感《つうかん》したのは、あれが夢ではなかったということだった。首がじくじくと痛む。

生徒会室には宗太の他に五人の人物がいた。正面の椅子《いす》には巴《ともえ》が背筋《せすじ》を伸ばして座り、その脇《わき》に瑞希が壁を背に立っている。反対側の壁に京がいて、その背中に隠《かく》れるようにして、ひとりの男子生徒が様子《ようす》を窺《うかが》っていた。彼こそが、先ほど宗太にとどめの一撃《いちげき》を見舞《みま》った人物である。

男の尻に押し潰《つぶ》されたのかと思うと、痛みが倍増《ばいぞう》した。

ひなたは宗太のすぐ側《そば》におり、ぺたぺたと体を触ってくる。

「宗太さん、だいじょうぶですか？　怪我《けが》してませんか？　痛いところありませんか？」

うっかり痛いところや、変なところを触られても困るので、宗太は無事を伝えて、ひなたを引き剝《は》がした。それでもまだ心配そうに、何かうなっている。

「どうして宗太《そうた》君がここにいるのよ」

被害者は宗太のはずなのに、京《みやこ》が不機嫌《ふきげん》に頬《ほお》を膨《ふく》らませていた。

「ちゃんと時間は指定してあったんだから、どいててもらわないと怪我《けが》するじゃないの」

恨《うら》みがましい視線で巴《ともえ》を見た。

「私はきちんとそこは危ないと忠告《ちゆうこく》したわよ」

「直前にでしたけどね」

「私は忠告した」

宗太は諦《あきら》めて見知らぬ男子生徒に目を向けた。びくっと体を震わせて、京の陰に完全に隠《かく》れてしまう。

「明人《あきと》君、あんたもうざいんだけど。あたしの背中に引きこもるな」

京の発言に宗太の表情が露骨《ろこつ》に歪《ゆが》んだ。今、明人と言ったのだろうか。

その名前の持ち主に、ひとりだけ心当たりがある。

中条《なかじよう》明人。宗太のクラスメイトであり、不《ふ》登校中の男子生徒だ。

「だ、だって……キョウ先輩が嫌がるぼくを無理に。ぼくは、だめって言ったのに。酷《ひど》い、酷すぎる」

京の上着の裾《すそ》を摑《つか》んで、明人が背中に隠れている。今にも泣き出しそうだ。

それを見て、妙《みょう》な違和感《いわかん》があった。中条明人に会うのは、初めてというわけでもない。なのに、見てすぐに彼だとわからなかった。

それほど、彼は宗太の知っている中条明人とは違って見えた。男にしては綺麗《きれい》な顔立ちをした美少年で、目立つタイプだった。性格的にも社交的《しゃこう》で明るかった記憶《きおく》がある。

それが髪《かみ》はぼさぼさ、制服も着ておらず、部屋着のまま連れてこられている。背丈《せたけ》は平均よりかなり低く、顔付きが幼いことも手伝って、なんだか小動物のような印象《いんしょう》を宗太は持った。ひなたに少し似ている。

「あの、もしかして、彼も特課《とっか》の？」

全員の視線が宗太に集中する。それに合わせて、宗太はアルテミスコードを使って、ひなたにも室内の状況を教えてあげた。

質問に答えてくれたのは巴だった。

「知っての通り、中条のアルテミスコードはなかなかに強力だ。去年の暮れから特課の仕事を手伝ってもらっている」

明人に視線を向けると、真《ま》っ直《す》ぐに宗太を見ていた。体も腕も全体的に細い。とてもトラックを片腕で受け止めたとは思えない。

「あ、僕は今年から同じクラスになった真田《さなだ》宗太。こっちは立花《たちばな》ひなた」

ぺこりとひなたが頭を下げると、驚きながらも明人は丁寧《ていねい》にお辞儀《じぎ》を返した。なかなかに礼《れい》儀《ぎ》正しい。

「柿崎《かきざき》さんも、こんにちは」

「え、あ、ああ」

瑞希《みずき》にしては珍しい歯切《はぎ》れの悪い返答だった。

ふたりのやり取りを見て、瑞希と明人《あきと》が知り合いであることを宗太《そうた》は悟《さと》った。

「で、話は戻るけど、宗太君はどうしてここにいるかしら？」

「いや、それは……」

「あ、あの千歳《ちとせ》ちゃんはもうだいじょうぶなんですか？」

躊躇《ためら》った宗太の代わりにひなたが真《ま》っ直《す》ぐに言葉をぶつけた。

「やはり、知らずに訪ねてきたのか」

巴《ともえ》の鋭い目が宗太を見た。

「何をです？」

宗太とひなたがきょとんとした反応を返す。誰も何も言ってこない。

「次の犯行予告《よこく》が出たんだ」

目を瞑《つむ》ったまま、瑞希がさらっと口にした。その発言に、宗太は体をびくんと震わせた。

「それ、いつですか!?」

千歳がまだ勾留《こうりゅう》されている時間帯《たい》なら、疑惑《ぎわく》は解消《かいしょう》されるはずだ。

「里見《さとみ》千歳の勾留期限《きげん》が切れ、釈放《しゃくほう》してから二時間後《ご》。時刻にして、午後一時だ」

昼休みが終わる少し前ということになる。宗太は下唇《したくちびる》を噛《か》んだ。

「らしくないな、宗太君」

「何がですか？」

床に落としかけた視線を京《みやこ》に向ける。

「勾留期限が切れる前に予告が出されたとしても、里見千歳の容疑《ようぎ》は晴れないよ。よく考えてみなさいな」

最初の事件の状態と、今日までの流れを宗太は頭の中で組み立て直した。すぐに、京の言葉の意味を理解した。

「執行人《しっこうにん》には共犯者がいる可能性が高い」

「正解」

アルテミスコードと言えど万能ではない。

現在、わかっているだけでも、三つの縛《しば》りが存在する。

ひとつ目は、同じ能力は存在しないこと。

ふたつ目は、能力ごとに厳密《げんみつ》な効果範囲《はんい》があること。射程《しゃてい》を一ミリでも超えた場所には、力を発現することはできない。

そして、三つ目が、ひとりの人間に対して、ひとつの能力しか備わらないということだ。

とすれば、執行人《しっこうにん》は、血の制裁《せいさい》を下す実行犯《はん》の他に、警察でも探し出せていない殺人犯の割り出しを行っている共犯者がいる可能性が高くなる。千歳《ちとせ》が勾留《こうりゅう》されていようとも、予告文章はその共犯者が出せばいいだけだ。

だからといって、単独犯の可能性も否定はできない。柴田《しばた》武史《たけし》や、高坂由佳里《こうさかゆかり》に近しい人物であれば、彼らの犯行に気づく機会があったのかもしれない。

その点では、同じ学校に通う千歳は有力な容疑者になってしまう。潔白《けっぱく》を証明することの難しさを痛感《つうかん》させられて、宗太《そうた》は口を閉ざすしかなかった。

「ちなみに、三人目に対する犯行予告《よこく》文章には『次は、コンビニ強盗《ごうとう》殺人事件の犯人に血の制裁を下す。日時は四月二十九日の日没《にちぼつ》を前に。執行人』と書かれていた」

「ご丁寧《ていねい》に日時まで予告してくれるなんてね」

呆《あき》れと苛立《いらだ》ちを含んだ京《みやこ》の気配《けはい》が伝わってくる。

「発信元《もと》は被害者となった高坂由佳里の携帯電話だと調べがついている」

千歳にかけられた疑惑《ぎわく》が、グレーから黒に近づいているのを、宗太は肌《はだ》で感じ取った。

ストローでイチゴ牛乳をかき混ぜながら、京は困ったような顔をする。その沈黙《ちんもく》を埋めるように、ひなたが遠慮《えんりょ》がちに口を開いた。

「あ、あの……そもそも、どうして千歳ちゃんが疑われてるんですか？」

その点は宗太も聞いていなかった。何を理由に、千歳は勾留されていたのか。

「高坂由佳里の殺害現場《げんば》近くで、里見《さとみ》千歳の目撃証言《もくげきしょうげん》が複数寄《よ》せられたのが、捜査対象《そうさたいしょう》となった発端《ほったん》だ」

「それで調べてみたら、疑わしい情報がぼろぼろと出てきちゃったわけ」

「事件当日《とうじつ》、里見千歳の携帯から、高坂由佳里の携帯へ、呼び出しのメールが送信されている。その待ち合わせ時刻と、死亡推定《すいてい》時刻がほぼ一致《いっち》。疑うなという方が無理な状況だな」

「でも、柴田武史が殺されたひとつ目の事件のときは？　被害者と里見に接点なんてあったんですか？」

宗太は食い下がった。

「柴田は里見に交際を断られたという程度の情報は掴《つか》んでいる」

初耳《はつみみ》だった。確かに千歳は一部の男子に人気がある。それは宗太自身《じしん》も個人の感情として、認識《にんしき》していた。

「けど、それなら、殺されるのは逆なんじゃ……」

「断ったあとも、しつこく誘いはかけていたらしい。面倒《めんどう》になって……という可能性も十分にある。男女の間は特に何が起こるかわからない」

推測《すいそく》ではいかようにも動機《どうき》を作れる。宗太は巴《ともえ》の返答に言葉を詰まらせた。それでも何か言いたくて、自分の願望をただ口にした。

「それでもやっぱり、里見がやったなんて、僕には信じられませんけど」

「わ、わたしも信じられません。千歳《ちとせ》ちゃんはとても親切ないい人です」

ふたりの発言に、京《みやこ》はますます困ったような顔をする。

「ま、証拠《しょうこ》不十分だからこそ、釈放《しゃくほう》して泳がせるなんて作戦に出たんだけどね」

ストローを口にくわえたまま、京はため息を吐《つ》いた。

「まさかこんなに早く犯行予告が出るとは思わなかったけど」

京の口調《くちょう》は自虐《じぎゃく》的な色を含んでいた。彼女の正面にいる瑞希《みずき》が同意するように両肩をすくめた。

「もし、里見《さとみ》千歳が犯人であるなら、私たちは随分《ずいぶん》となめられていることになる」

巴《ともえ》は淡々《たんたん》としていた。それでも、犯人に対する苛立《いらだ》ちの全部を隠《かく》し切れてはいない。今、その矛先《ほこさき》は、巴自身《じしん》が担当する生徒のひとりに向けられている。

「どっちにしても、明日には里見千歳が白か黒かはっきりするわよ」

「何か仕掛けるんですか？」

視線だけで、京、明人《あきと》、それと瑞希の姿を追った。アルテミスコードを持つ三名が、わざわざ一堂に会しているのだ。何か大きな作戦があることは予想できた。

「別に特別なことはしないわよ。ただ、犯行予告《よこく》時刻まで、あたしがべったり張りつくだけ。んで、次の犯行現場《げんば》で現行犯逮捕《たいほ》を狙《ねら》うって作戦」

「それ、大丈夫《だいじょうぶ》なんですか？　犯人のアルテミスコードの力もわからないのに」

「こんな風《ふう》にやればすぐだって」

京の制服の袖口《そでぐち》から、じゃらっと何かが出てきた。よく見るとそれは手錠《てじょう》だった。流れるような動作で、今度はアルテミスコードを発現させる。すると京の手から手錠が消えた。瞬《まばた》きをする間を空《あ》けて、手錠は宗太《そうた》の両足を拘束《こうそく》していた。

「うわっ！」

慌《あわ》てて動こうとしたせいで、宗太はバランスを崩してその場に尻餅《しりもち》をついた。

「京先輩《せんぱい》！」

話をはぐらかされたことに苛立って顔を上げる。京の両手にはそれぞれまた別の手錠が握られていた。

いったい、いくつ袖の中に、手錠を隠《かく》しているんだと思いながら、宗太は身の危険を感じて床についた両手をとっさに上げた。

「残念でした」

言葉通り、ふたつの手錠はふたつとも宗太の両手を拘束している。

「何するんですか！」

「もちろん、宗太君の大好きな拘束プレイ。興奮《こうふん》してきたでしょ？」

「しませんよ！」

「あら、残念。あたしはすっごくしてるのに」

言葉通り、京は口元に悦《えつ》に入った笑《え》みを浮かべ、自分の唇《くちびる》を指でなぞった。

「じょ、冗談《じょうだん》はやめてください！」

どさくさに紛《まぎ》れて、ひなたが後ろに下がったのを宗太《そうた》は背中に感じた。振り向くと、思った通り、困惑《こんわく》したような顔で距離を置いている。

「立花《たちばな》？」

「だっ、だいじょうぶですよ！　わっ、わたしは宗太さんが特殊な趣味《しゅみ》をお持ちでも、ちゃ、ちゃんと尊重《そんちょう》しますから！　おっ、お手伝いはできないと思いますけど……」

顔を真《ま》っ赤《か》にしながら、手をばたばたとさせている。

「本気にするな！」

巴《ともえ》が呆《あき》れた顔で、瑞希《みずき》に目で指示を出す。京《みやこ》の悪戯《いたずら》に苦笑《くしょう》しながら、瑞希が宗太に近づいてきた。途中《とちゅう》で、京の投げた鍵《かぎ》をスマートにキャッチする。

「ま、犯人の能力が何であれ、あたしのこの力でねじ伏せるから問題ないわよ」

確かに物質を自在《じざい》に転送《てんそう》できる京の力は、犯人逮捕《たいほ》に有効だ。今みたいに遠《えん》距離から手錠をはめることもできるし、捕まえた犯人を堅固《けんご》な独房《どくぼう》に瞬時《しゅんじ》に飛ばすことだってできる。

だが、犯人とやり合うということは、当然それ相応《そうおう》の危険が伴う。相手が京同様《どうよう》、アルテミスコードの使い手であればなおさらだ。

言いたいことが京に伝わらないのがもどかしくて、宗太は解放された両手を意味もなく彷徨《さまよ》わせた。

「どうしたの？　変な踊り踊って」

「無茶《むちゃ》やって、また大怪我《おおけが》したらどうするんですか」

あれは去年の夏の出来事だ。

京の家にお邪魔《じゃま》して、高校野球をふたりで眺《なが》めていると、黒田《くろだ》から緊急《きんきゅう》の呼び出しがかかった。罪を犯したムーンチャイルドを逮捕《たいほ》するための出動要請《ようせい》だった。

夕飯までには帰ると言って出て行った京は、その日のうちに帰ってはこなかった。肋骨《ろっこつ》三本を骨折するという重傷《じゅうしょう》を負って病院に運ばれたのだ。

「大丈夫《だいじょうぶ》だって、あのときもちゃんと犯人は捕まえたんだから。ね？　瑞希」

やはり、宗太の言いたいことが全然伝《つた》わっていない。瑞希も困ったように愛想笑《あいそわら》いを浮かべている。

「京、その辺にしなさい。わかってるくせにからかうものじゃないわ」

宗太が渋《しぶ》った顔で京を見ると、舌を出してごめんと言った。

「だって、なんか人に心配されるのって照れくさいじゃない」

ぱたぱたと自分の手で京は顔を扇《あお》いだ。

「それにあたしは強いから大丈夫よ」

言いたいことを理解してもらっても、結局結果《けっか》は同じだった。京を止められるはずもない。

その代替案《だいたいあん》を宗太には用意できないのだ。

誰かがやらなければならなくて、それを京《みやこ》がやる。それだけだ。代わってあげることはできない。けど、それでも何かできることがあると思いたかった。

「それに、今度の作戦は心強いバックアップがふたりもいるしね」

ここに瑞希《みずき》と明人《あきと》がいるのは、明日の作戦の打ち合わせをするためなのだろう。だが、それが宗太《そうた》を余計《よけい》に不安にさせた。過去、宗太が知る限り、前日から周到《しゅうとう》に用意が行われるような作戦はなかった。裏を返せば、それだけ今回の事件の犯人を、危険視《し》している証《しょ》拠《うこ》ではないのか。

宗太は巴《ともえ》に向き直ると、一度大きく息を吐いた。

「あの、ひとつお願いがあるんですが」

「却下《きゃっか》」

「まだ、何も言ってませんよ！」

「言いたいことくらい想像はつく。自分も参加させろと言うのでしょ？　足手《あしで》まといにはならないからと、根拠《こんきょ》のない理由を盾《たて》にして」

図星《ずぼし》だった。否定できる部分がひとつもない。

「お姉《ねえ》ちゃん、それ言いすぎ。きついよ」

「犯人逮捕《たいほ》の現場の壮絶《そうぜつ》さを知れば、そんな不用意な発言はできなくなるわ。それに、真田《さなだ》のアルテミスコードは無力だ。特に今回の事件では」

「わかってます！　それでも何か手伝えることが！」

「いいや、わかっていないな。警察は執行人《しっこうにん》をステータスIIIのムーンチャイルドと断定《だんてい》した」

巴が口にしたステータスIIIの言葉に、宗太は乗り出していた身を後ろに下げて、無意識に唾《つば》を飲み込んだ。

その数字は最も危険度《ど》が高いことを意味する。生首《なまくび》を簡単に作るような能力だ。納得《なっとく》もできる。執行人からすれば、ステータスIの宗太など、一般人と同じに見えるだろう。

下唇《したくちびる》を噛《か》み締め、握った拳《こぶし》を震わせながらも、巴の言葉に俯《うつむ》くしかなかった。

「あ、あの、わたしのアルテミスコードがあれば、宗太さんは無力じゃないと思います」

顔を上げると、緊張《きんちょう》しながらも、はっきりとした口調《くちょう》で語るひなたがいた。

すぐには誰も何も言わない。全員がひなたの言葉の意味をじっと考えている様子《ようす》だった。

誰より早く、宗太はひなたの提案に食いついた。

「僕の力で、立花《たちばな》の視力《しりょく》を補えば、力になれます！」

すがるような想いで、巴を見据《みす》える。

ひなたを巻き込むことへの後ろめたさはある。けど、他に巴を説得できる手段が思いつかない。

「少なくとも足手まといにはならないはずです！　指示《しじ》にも従いますから」

そもそも、黒田《くろだ》が宗太とひなたに共同生活を命じたのは、いつか現場で使うという目論見《もくろみ》があったからのはずだ。

銃弾《じゅうだん》すら簡単に防ぎ、相手の身動きを封じるアルテミスコードをひなたは持っている。恐らく、宗太《そうた》が見たのは力の片鱗《へんりん》に過ぎない。あのとき、宗太が止めなければ、男のひとりは押し潰《つぶ》されて死んでいたのではないだろうか。

「おっ、お願いします！　わたしと宗太さんにもお手伝いをさせてください！」

ぺこりとひなたが頭を下げた。かすかに手が震えているのが少し気になったが、緊張《きんちょう》のせいだろうと宗太は納得《なっとく》した。

ひなたに続いて宗太も頭を下げた。

「お願いします！　指示には従います！　僕たちも作戦に参加させてください！」

千歳《ちとせ》の扱いが気になる。自分の目で見て確かめたいという気持ちが強い。それに、さっき語ったように、京《みやこ》たちに任せるのも気がかりだった。犯人の凶暴《きょうぼう》性は、生首《なまくび》が教えてくれている。何もせずに待っているのはとても堪《た》えられそうにない。

困惑《こんわく》の吐息《といき》がひとつ頭上で聞こえた。それは巴《ともえ》のものだ。

「あたしは歓迎だけどな。ひなたちゃんの能力はすごく役に立つと思うから」

「京、私を悪者にしたいようね」

巴があからさまに嫌そうな顔をする。それからしばらく考えて、巴は明人《あきと》を見た。目が合って、真《ま》っ先《さき》に明人は体を震わせた。

「立花《たちばな》の力を見たい。中条《なかじょう》、全力で立花に仕掛けろ」

「ちょっ、お姉《ねえ》ちゃん！　それはいくらなんでもやりすぎだって」

「だ、だいじょうぶです。それで認めてもらえるなら、や、やります」

ひなたの両足もがくがくと震えていた。

「立花、無理しなくても」

「だいじょうぶです。こういうのには慣れてますから。研究所にいた頃は、実験で戦車《せんしゃ》をぶつけられたこともありましたから、へっちゃらですよ」

そう言って、ひなたは無邪気《むじゃき》に笑った。その笑顔を見ただけで、宗太は胸が苦しくなった。すぐにひなたは宗太に背中を向けた。有無《うむ》を言わせずに大きく一歩だけ前に出る。そのひなたの態度に、明人も仕方なくといった様子《ようす》で京の背中から出てきた。

明人が深呼《しん》吸をしてから、肩越《かたご》しに巴を確認する。

「全力でやりなさい」

首と両肩《かた》をがっくりと落とす。それでも顔を上げたときには、目に力が宿った。明人が袖《そで》を捲《ま》くり、アルテミスコードを発動させる。不《ふ》健康に見えた明人の青白い肌《はだ》一面に、文字式《しき》が浮かび上がった。まるで戦いのための化粧《けしょう》のように宗太の目には映った。

明人が息を吐くだけで、空気が震えた。構えを取った一瞬《いっしゅん》で、室内は緊張感《かん》で満たされた。無駄《むだ》のない洗練《せんれん》された動きだった。素人《しろうと》から見ても明人が武道《ぶどう》の経験者だとわかる。

「中条の能力は、速度制御《せいぎょ》。自分の周囲にあるものの速度を自在《じざい》に変化させられる。暴走《ぼうそう》するトラックを止められたのはそのためだ。トラックに自ら触れることで、速度をゼロにした」

巴《ともえ》の解説を宗太《そうた》は頭の隅《すみ》で聞いた。集中力《りょく》を高めた明人《あきと》から目を離せなかった。ただ、能力の性質からショートレンジであることは想像できた。

動くと思った瞬間《しゅんかん》、明人の姿が視界《しかい》から消えた。アルテミスコードで自分自身を加速させたのだろう。教室全体が揺れ、窓の閉まった生徒会室に突風《とっぷう》が吹き荒れた。机の上に詰まれていた書類の山が一斉《いっせい》に舞った。

宗太は明人の動作が生み出した突風に煽《あお》られ、後ろの壁に背中をぶつけた。心臓《しんぞう》がばくばくと脈打《みゃくう》っている。ここまで攻撃的なアルテミスコードを目の当《ま》たりにするのは初めてだった。

再び、視界にあらわれた明人は、勢いのすべてを右手に集中させ、掌底打《しょうていう》ちを繰り出した姿勢で固まっていた。

何の力も持たない生徒たちが、明人に奇異《きい》の目を向けたのも納得《なっとく》がいく。まったく目が追いついていかなかった。

嵐《あらし》が過ぎ去るのを待って、宗太はようやく状況を観察する余裕《よゆう》を取り戻した。明人の床のタイルにはくっきりと足型が作られている。

「立花《たちばな》！」

安否《あんぴ》を気遣《きづか》って、思わず声が大きくなった。

あれだけの爆発力《りょく》を正面に受けながら、ひなたの立ち位置はまったく変わっていなかった。

逆に、明人の体がじりじりと後ろに下がりはじめる。本人の意思《いし》とは無関係に。

「くっ……なに、これっ」

奥歯《おくば》を噛《か》み締めて、必死に明人が見えない力に抗《あらが》っている。

だが、それもやがて終わりを迎える。

「もう、だめっ！」

突如《とつじょ》、弾丸《だんがん》のように明人の体が大きく後ろに弾《はじ》け飛んだ。

未来のビジョンが走馬灯《そうまとう》のように宗太の脳内《のうない》を駆け抜けた。明人の体は窓ガラスを突き破り、外に投げ出される。

視界の端っこで、京《みやこ》がアルテミスコードを発動させた。だが、それでは間に合わない。

そんな中、ひなたが掲げていた右手を下ろした。すると信じられないことに、明人の体は不自然に宙で止まった。

それからゆっくりと、床に下ろされる。

京が大げさに息を吐きながら、膝《ひざ》から崩れ落ちるように床に座り込んだ。巴も何とか立っているという様子《ようす》だった。

「これが立花ひなたの重力支配《しはい》能力か……物理法則《ほうそく》などあったものではないな」

巴が物理の教師らしい独《ひと》り言《ごと》を口にする。

「まさか……ぼくの掌底が届かなかった……なにがあったんです……」

当事者だった明人《あきと》は放心《ほうしん》し切っている。

スカートのほこりを払いながら、京《みやこ》が立ち上がった。

「力の効果範囲《はんい》はすごく狭いけど、重力支配《しはい》の名前に相応《ふさわ》しく、その空間の支配者は、まさにひなたちゃんって感じね」

直径にして五メートルに満たない空間。その限られた世界の支配権《けん》は、確かにひなたが握っていた。何人《なんぴと》にも侵害《しんがい》されない世界をひなたは作り出すことができるのだ。

周囲の反応など気にすることなく、溢《あふ》れ出していたアルテミスコードがひなたの体に溶け込んで行く。

「断言《だんげん》していいけど、宗太《そうた》君とひなたちゃんのコンビは無敵だと思うよ？」

それを受けて、巴《ともえ》は無言のまま携帯を取り出した。

「巴です……課長、今お時間よろしいでしょうか？　はい、今回の作戦に……」

どうやら巴の許可は下りたようだ。最終的な判断を下すのが黒田《くろだ》である以上油断《ゆだん》はできないが、ひなたの力を見たあとでは大丈夫《だいじょうぶ》に思えた。

生徒会室の真《ま》ん中《なか》に立ち尽くしたひなたの頭に、宗太は手を置いた。

「宗太さん？」

「ありがとな。おかげで作戦に参加できそうだ」

「はい！」

自分のことのようにひなたがにっこりと笑って喜んだ。

「よかったわね。これで自分の手で、好きな子の容疑《ようぎ》を晴らせるわけだ」

「ちょっ！　京先輩《せんぱい》！」

「照れない照れない。去年のクリスマスに告白までしたんだから」

「あ、あれは、その……京先輩の組に、体育祭で負けて、その罰《ばつ》ゲームで無理やりさせられたんじゃないですか！」

「でも、好きなのはほんとでしょ？」

宗太は言葉を詰まらせて押し黙った。隣《となり》ではひなたが告白という言葉に耳まで真《ま》っ赤《か》にしている。説明を求めるような目で、電話中の巴が宗太を見ていた。

仕方なく事実を認めて、宗太は頷《うなず》いた。いつのまにか復活した明人も、興味《きょうみ》があるような顔をして聞いている。

少し待つと、巴の電話は終わった。複雑な表情をしている。せっかくの美人が台無《だいな》しだったが、宗太は余計《よけい》なことは言わないでおいた。

「黒田課長からの許可は下りた」

「よし！」

「やった〜」

宗太とひなたが同時に手を叩《たた》いた。

「ただし、あくまで補助要員《ようういん》。すべてこちらの指示《しじ》に従って行動してもらう。いいわね？」

「はい」

「返事だけはいいんだから」

呆《あき》れたように巴《ともえ》が眉《まゆ》をひそめた。

「じゃ、みんなよろしくね。この五人で執行人《しっこうにん》を捕まえるわよ」

全員が一斉《いっせい》に頷《うなず》いた。宗太《そうた》とひなたは力強く。瑞希《みずき》はいたって普通に。そして、明人《あきと》は仕方なくといった様子《ようす》で。

「真田《さなだ》と立花《たちばな》は早く帰りなさい。あとで黒田《くろだ》さんが直々《じきじき》にふたりの任務を伝えに行くと言っていたから」

「明日の作戦の場所だけでも先に聞いてもいいですか？」

確認の言葉を宗太は投げた。

「開園《かいえん》時間に合わせて、月乃宮《つきのみや》動物園に集合すればよし」

何だか楽しそうな顔を京はしている。

「なんで、動物園なんですか？」

「里見《さとみ》千歳《ちとせ》の明日の予定が動物園に弟を連れて行くこと、だからよ」

「そこに次のターゲットであるコンビニ強盗《ごうとう》殺人事件の犯人がいる？」

「それを確かめに行くの。頼りにしてるよ、宗太君」

4

昨日《きのう》の話の通り、宗太とひなたは月乃宮動物園にやってきた。

春の青空に、薄い雲がまばらに散らばっている。陽射《ひざ》しのあたたかさの中に、空気のちょっとした冷たさが心地《ここち》良さを運んでくる。家族連《づ》れの来園者が多く見られ、外から見ても、動物園は盛況《せいきょう》な様子《ようす》だった。

「高校生二人です」

「はい、それじゃ、学生証出《だ》してくれる？」

やけに貫禄《かんろく》のあるチケット売り場のおばちゃんに指示され、宗太は財布《さいふ》から学生証を出した。隣《となり》ではひなたがポーチをあさるのに悪戦苦闘《あくせんくとう》している。

「ん、そっちの子も高校生かい？」

背が平均より低いことも手伝って、ぱっと見で、ひなたは年相応《としそうおう》には見えない。さらに、飛び級のせいで、元々は中学生なのに、高校生だと言わなければならないのだ。

どうにか、ポーチから学生証を出すと、ひなたは誇らしげに掲げた。

「あらやだ。失礼しちゃったわねえ。はいじゃ、入っていいわよ」

「おばちゃん、お金は？」

「知らないで来たのかい？　高校生までは土日無料だよ」

ちょっと得した気分を味わいながら、宗太《そうた》とひなたはおばちゃんの生暖《なまあたた》かい眼差《まなざ》しに見送られてゲートをくぐった。

絶対に勘違《かんちが》いをされていると宗太は思った。

ゲートを越えただけなのに、中の空気は外とは違っていた。

生き物のにおいがする。

ひなたもそれを感じているようで、なんだか不思議《ふしぎ》そうな顔をしていた。

「ここはもう動物園なんですか？」

「うん。動物園だ」

「動物園のにおいがしますよ！　宗太さん！　これが動物園なんですよ！」

事件のことも忘れてひなたが浮かれている。遊びに来たわけではないが、どう見ても、宗太とひなたはデートに来た高校生のカップルだった。

はたと自分で気づいたのか、ひなたが急に静かになった。

「いえ、今のは何でもないです……ちょっとした気の迷いです」

口ではそう言っているが、ひなたが今日を楽しみにしていたのは、一目瞭然《いちもくりょうぜん》だった。

まず、服装に気合が入っている。

スカート部分がプリーツ状になったライトグリーンのワンピース。その上に、白のカーディ

ガンを羽織《はお》っている。肩からは涼《すず》しげな色のポーチがぶら下がっている。清楚《せいそ》なお嬢様風《じょうさまふう》のいでたちだ。

頭にはかぶると動物の耳みたいなとんがりができるニットの帽子《ぼうし》があった。

全体的に見て、帽子だけが浮いている。

「あのさ、立花《たちばな》。その格好《かっこう》にその帽子はおかしくないか?」

「こ、これはですね……あまり人目《ひとめ》についてはいけないと思い、仕方なくかぶってきたんですよ。わたしの髪《かみ》、目立つみたいですから」

「いや、逆に目立つし、それに髪の毛、全然隠《かく》れてないぞ」

宗太《そうた》がひなたの頭に手を伸ばす。

気配《けはい》で気づいたのか、ひなたが両手でガードする。

「ね、寝癖《ねぐせ》が酷《ひど》いから取れないとかいうわけではないですよ?」

「ま、いいけどさ」

危機が去ったと思ったのか、ひなたが胸を撫《な》でおろす。

「すきあり!」

すぱーんと宗太の手がひなたの帽子を取った。

ひなたの頭があらわになる。

ぴよこっと一山《ひとやま》だけ、豪快《ごうかい》に髪の毛が跳ねていた。

「か、返してくださ～い」

ひなたがよろよろと宗太から帽子を奪い返そうとする。

思い切って飛び掛かってきたのを避けると、ひなたが園内のポールに顔をぶつけた。

「……いたい……宗太さんが避けたから痛いです」

「ごめん、ほんとに悪かった」

そう言って、ひなたに帽子をかぶせた。

ぶつけて赤くなった鼻をひなたが涙目《なみだめ》でさすっている。

「そろそろ、行きませんか？」

「立花、なにから見たい？」

案内図《ず》の前に立って、動物園のエリアマップを眺《なが》める。

ひなたは言われた意味がわからなかったのか、何も言ってこない。

「お～い、立花～、無視はないだろ」

「え、だって、今、宗太さん不謹慎《ふきんしん》なことを言いましたよ」

「失礼なやつだな」

「だって、わたしたちは遊びに来たんじゃないんですから」

そう、確かにひなたの言う通りだ。遊びにきたわけではない。だが、宗太は忠実《ちゅうじつ》に黒田《くろだ》から出された指示《しじ》を果たそうとしているのだ。

昨晩《さくばん》、黒田《くろだ》はわざわざ家にまで顔を出し、こうのたまった。

「よし、お前たちふたりに初《はつ》任務を伝える」

「はい」

宗太《そうた》とひなたはハキハキと返事をした。

「明日は園内をデートして回れ。以上だ」

それが黒田から出された唯一《ゆいいつ》の指示《しじ》だった。そのあと当然のように宗太が真面目《まじめ》にやってくれと問い詰めた。すると、黒田からはもっともらしい正論を返された。

「お前たちなら動物園にいても何ら不自然じゃない。そこで園内《えんない》全体を自由気《き》ままに動く遊撃《ゆうげき》監視役《かんしやく》に任命《にんめい》したんだ。これはお前たちふたりにしかできない重要な任務である」

重要なという言葉に、ひなたはまんまと騙《だま》されて納得《なっとく》してしまった。おかげで、宗太はそれ以上食いつく気にはなれなかった。

「確かにそうですよね。黒田さんなんかが園内ふらふらしてたら、リストラされた中年のサラリーマンにしか見えませんもんね」

軽く拳骨《げんこつ》を食らって、作戦の通達は終わった。

不毛《ふもう》な回想から思考《しこう》を現実に戻しても、ひなたはまだ使命の重要性を訴えかけていた。完璧《かんぺき》に黒田に騙されている。

「宗太さん、これはわたしたちにしかできない重要な任務なんですよ」

「だったら、見なくていいのか？　ゾウとかキリンとかライオンとかアムールヒョウとか、お、パンダもいるぞ。あとオカピってなんだろうな」

国内でも最大級の動物園だけに、知らない動物まで揃《そろ》っている。

「だ、だめですよ。わたしたちは遊撃監視役なんですから」

「そういう台詞《せりふ》をにやにやしながら言うな」

「に、にやにやなんてしてませんよ？」

手で頬《ほお》を引っ張って真面目な顔を作ろうとするが、離すとすぐにたれてくる。嬉《うれ》しさが隠《かく》し切れていない。

「黒田さんが言ってたろ……これは、その、デートだからな」

気恥《きは》ずかしさに、思わず小声になる。これでは本当に、付き合い出したばかりの初々《ういうい》しいカップルだ。

なにより犯行予告《よこく》があった時刻にはまだ時間がある。せっかく来た動物園を堪能《たんのう》するくらいしてもばちは当たらないはずだ。

「そ、そこまでおっしゃるのでしたら……えっと……まずはアライグマを見て、ホッキョクグマを見て、それからライオンにスマトラトラとアムールヒョウ、さらにはアカカンガルーは絶対に外せませんね。あと、サルの森でサルとオランウータンとチンパンジーを堪能したのち、オカピとキリンを見て、インドゾウ。最後に、ジャイアントパンダを見たいです！」

宗太《そうた》はぽりぽりと頬《ほお》を掻《か》いた。

「その壮大《そうだい》な予定は昨晩《さくばん》考えたのか」

そういえば、昨日《きのう》の夜、京《みやこ》とふたりでなにやら作戦《さくせん》会議をしていた。

「そ、そんなことはないですよ？」

時計を見れば午前の十時を少し回ったところだ。

「ま、時間もあるし、その順番で回ろうか。最初はなんだっけ？」

「アライグマです！」

不思議《ふしぎ》と体が軽くなったことを自覚しながら、宗太はアライグマのエリア目指して歩き出した。


目的地に到着すると、宗太は左手をポケットに入れた。

「行くぞ、立花《たちばな》」

「は、はい」

ひなたの期待と緊張《きんちょう》が伝わってくる。

宗太は、意識を集中してアルテミスコードに語りかけた。

左手が少しだけ熱を帯びる。

「わ～、わ～、わ～」

力が正常に働いているのは、ひなたの反応ですぐにわかった。

「あ、あれ、あれ……宗太さん、あれ、あれ！」

「あれがアライグマだな」

水辺《みずべ》で、エサのリンゴをごしごし洗っている。

「アライグマですよ、アライグマ！」

「だからそう言ってるだろ」

「とても……とてもすごく……ええっと」

なんて表現すればいいいか、ひなたはわからないらしい。

「とてもすごくすばらしくすごいです！」

「そ、そうだな」

最初からこれでは、ゾウやキリンを見たら、ひなたはなんと言うのだろう。想像してみて、まったく見当がつかず、宗太は苦笑《くしよう》した。

アライグマをたっぷり眺《なが》めたあとホッキョクグマを見に行った。

巨体《きよたい》が水にダイブすると、ひなたはちょっとびっくりして身を引いた。

「べ、別に驚いてませんよ。食べられるなんて思ってませんから」

何も言ってないのに言い訳した。

次に、ライオンとトラの檻《おり》に行った。

ひなたが近づくと、百獣《ひゃくじゅう》の王が自慢の牙《きば》を輝かせながら、大口《おおぐち》を開けてお出迎えしてくれた。

「が、がお～」

今度はびびりながらもがんばって応戦《おうせん》する。

でも、完全に腰が引けていた。ひなたは宗太《そうた》の腰にしがみついて背中に隠《かく》れている。

「ちょ、ちょっと大きな猫みたいなものじゃないですか」

移動の途中、まだ声が震えていた。

続いてカンガルーに会いに行った。

もさもさと草を食べている。

「あ、いま、こっち見ましたよ！」

ぶんぶんとひなたがカンガルーに手を振る。すると、カンガルーはそっぽを向いた。

「嫌われたな」

「わたしのせいではないと思います」

係りの人が母親カンガルーを教えてくれた。お腹《なか》から子供が顔を出している。

「か、か、かわいい？」

「もっと自信を持て……」

それから午前の締めとして、サルの森に行った。

サルが山を駆け上がり、キーキーと騒いでいる。

「……おサルさんですね」

「ああ、サルだ」

「バナナ食べてますよ」

「バナナ食べてるな」

「お腹、空《す》きましたね」

「腹減《はらへ》ったな。飯《めし》にするか」

ぐうとひなたのお腹が返事をした。

「今のはわたしじゃないですよ？」

「平気な顔でうそをつくな」

昼食の用意でもしようと、宗太が思ったところで、ひなたに止められた。

「宗太さん……おサルさんが何か投げてきてますけど」

「……逃げるぞ、立花《たちばな》。そりゃ、ウンコだ」

ひなたの手を引いて、宗太は移動した。

少し行くと羊《ひつじ》とヤギのいる牧場っぽいところに出た。近くのベンチに腰を下ろす。

ひなたに昼食のおにぎりを渡すと、羊と同じようなゆったりした動作で食べ始めた。

宗太もがぶりとかぶりつく。

「お、たらこだ」

「宗太《そうた》さんは、たらこが好きですか？」

「ん？　そうだな。おにぎりの具の中じゃ一番好《す》きかな。特に焼いたのがいい」

「動物は何が好きですか？」

「トラとかかっこよかったな。立花《たちばな》はびびってたけど」

「あれはちょっと手加減《てかげん》してあげたんですよ」

「んじゃ、またあとで、見に行くか」

「そ、それはよくないですよ。わたしたちには重要な役割があるんですから」

正しいことを言ってはいるが、声は震えている。

「宗太さんは、動物園好きですか？」

「想像してたのよりも楽しいかな」

楽しさの半分は、ひなたの反応にあるのだが、それは言わないでおいた。

捜査《そうさ》からも味噌《みそ》っかす扱いされてはいる。それでも、焦らずにいられるのは、たぶんひなたが一緒だからなんだろうと、宗太は漠然《ばくぜん》と思っていた。

昼食を終え、食休みをしていると、ひなたがそわそわし出した。

「どうかしたのか？」

「あ、あああ、あの！」

「な、なんだ、何かあったのか？」

はあ、ふう、はあ、ふう、とひなたはひとりで息を荒げている。突然の緊張《きんちょう》が宗太にまで伝《でん》染《せん》してくる。

深《しん》呼吸をしたあとで、ひなたは宣言《せんげん》するように言った。

「あっ、あのっ！　宗太さんは千歳《ちとせ》ちゃんのこと好きなんですか！」

裏返《うらがえ》った声が、周囲に響《ひび》き渡る。一瞬《いっしゅん》、世界は動きを止め、言葉の意味を噛《か》み締めると再び動き出した。

宗太は思い切り言葉を詰まらせた。何か言おうとしても、口を開けたり、閉じたりするだけで、まったく音にならない。妙《みょう》な汗が背中をじっとりと濡《ぬ》らした。

通りがかっていた親子連《づ》れが、びっくりして宗太とひなたを見ている。大学生と思《おぼ》しきカップルがくすくすと笑っていた。すると今度は恥ずかしさで、身動きのひとつも取れなくなる。

「え、えっと、今、わたしが言った好きというのは、特別な好きとでも言いますか」

宗太は自分の顔の熱さに堪《た》えるのに必死だった。

「ご、ごめんなさい。やっぱり、今の質問はいいです！　あ、そ、そのお手洗いに行ってきます」

しどろもどろになりながら、ひなたは立ち上がると逃げ出して行った。だが、トイレの場所がわかっているはずもなく、少し行ったところで立ち止まって途《と》方《ほう》に暮れる。

宗太《そうた》は近くにいた女性の飼育員《しいくいん》さんに、ひなたのことを頼んだ。動揺《どうよう》から覚めておらず、上《う》手《ま》く説明できたかわからないが、その女性はにこやかに頷《うなず》いて、ひなたを連れていってくれた。

ひとりになった宗太は、深《しん》呼吸を何度か繰り返した。それから、草を食べ続ける羊《ひつじ》をぼんやりと眺《なが》めて気持ちを落ち着かせた。

ひなたに聞かれたことが頭に張りついて離れなかった。

本当のところ、好きかと聞かれてもよくわかっていないというのが本心《ほんしん》だった。一年間同じクラスにいたが千歳《ちとせ》のことを宗太はまだよく知らない。ただ、落ち着きのある千歳の話し方や、透《す》き通った声は、聞いていて心地《ここち》良いとは思っている。

前にそれを京《みやこ》に言ったら、やっぱり好きなんじゃないと言い切られた。

「好きでもない子に、告白できるほど、宗太君は器用《きよう》じゃないと思うし」

妙《みょう》に説得力《りょく》のある言葉だった。だから、それ以来、たぶんそうなのだろうと思って、深く考えないようにしていた。

(どの道、ふられたんだし……)

空を見上げると、クリスマスのあの日と同じような雲が流れていた。気持ちがたそがれていく。

そこに声をかけられた。

「真田《さなだ》君?」

振り向く前に、相手が誰か宗太は理解した。透明感《とうめいかん》のある声だった。

油の切れた機械のようにぎもちなく首を回すと、予想通り里見《さとみ》千歳が立っていた。見慣《みな》れた制服姿《すがた》と違って、細身《ほそみ》のロングスカートに、上はルーズタートルのセーターを着ている。落ち着きがあって、少し大人《おとな》っぽく見えた。

心臓《しんぞう》が跳ね上がる思いだった。間を置くために、宗太はお茶を口に含んだ。明らかに挙動《きょどう》不審《しん》だったが、千歳はそれには取り合わなかった。

「かわいい趣味《しゅみ》持ってるね」

恐らく動物園にいることを言っているのだろう。

「そりゃ、お互い様だろ」

「私は弟の付き添いだし」

よく見ると、千歳の腰にガキがしがみついている。事前《じぜん》情報の通りだった。

「なんだよ、こいつ、姉《ねえ》ちゃんの男か？」

「違う。ただの財布《さいふ》」

「人ですらないのかよ」

千歳に他意《たい》はないのだろうが、男として扱われていないように思えて、宗太はちょっと悲しくなった。

「やめとけよ、姉ちゃん、こんなさえないやつさ」

ぶしつけな発言にかちんときて、宗太《そうた》も思わず本音《ほんね》を口にした。

「頭の悪そうな弟だな」

「よく言われる」

さらりと千歳《ちとせ》は答えた。

「これ見て、頭のよさそうな弟さんですねって言われる方がむかつくし、実際《じっさい》馬鹿だし」

「馬鹿なのか」

哀《あわ》れんだ目で、宗太は弟を見た。

「かわいそうな目で見るな！　もういいよ、お前、死ねばいいのにな！　ゾウ見てくる！」

言いたい放題《ほうだい》言って、千歳の弟は猛《もう》ダッシュで走り去った。

邪魔者《じゃまもの》がいなくなったところで、宗太はあんな生意気《なまいき》なガキでもいてくれた方がよかったと思った。千歳と二人っ切りにされるのはしんどい。何も会話が思い浮かばない。

普段、学校で会うときには、その他大勢《おおぜい》の中に自分の身を置けたが、ここではそうはいかない。逃げ場がなかった。

宗太が何も言えずにいると、ひなたが戻ってきた。

「お、お待たせしました」

千歳の目が、じっとひなたを捉《とら》える。やましいことなどないはずだが、まずいという言葉が宗太の頭を駆け抜けた。何を言っても、よくない状況になるような気がして、何も言えなかった。

「ひなたちゃんも一緒だったんだ」

「ん、まあね」

「あれ、その声は千歳《ちとせ》ちゃんですか？」

「ええ、こんにちは」

「こ、こんにちは」

会話が途切《とぎ》れる。

妙《みよう》な沈黙《ちんもく》と緊張《きんちよう》が三人の間を流れた。

それからぽつりと千歳が言った。

「デート？」

「ち、違う！」

「ち、違います！」

宗太《そうた》とひなたの返答は、見事に重なった。

「即答《そくとう》かよ」

「きっぱり言われました」

またしても、ふたりの反応がかぶった。

「いや、別に立花《たちばな》が嫌いだとかそういうんじゃないからな」

「い、いえ、宗太さんではダメとかそういうことではなくてですね……」

「初々《ういうい》しいことで」

千歳の無表情が、宗太には何より怖かった。

「お邪魔《じゃま》したら悪いから、私、行くね」

「変な気をつかうな！」

「どの道、馬鹿な弟を放ってもおけないし。じゃあ、お幸せに」

千歳の後《うしろ》姿《すがた》を見ながら、今度は何をおごらされるんだろうかと、宗太はぼんやりと考えていた。白玉屋《しらたまや》のフルコースくらいは覚悟《かくご》する必要がありそうだ。

千歳の背中を見送っていると、同じように視線を送っている飼育員《しいくいん》がいることに、宗太は気づいた。恐らく、変装《へんそう》した刑事なのだろう。京《みやこ》や瑞希《みずき》、それに明人《あきと》も同じように、動物園のスタッフに変装する手はずになっていた。

これだけ手を尽くしても、宗太はこの作戦が無駄《むだ》に終わるような気がした。どう考えても、千歳が犯人だとは思えない。

今日の日没《にちぼつ》の時刻は午後六時二十六分。その時刻まで、何も起こらないことを宗太は強く願った。

「えと、あの……行きましょうか？」

「次は何を見るんだっけ？」

「オカピとキリンですよ！」

「オカピってなんだ？」

「オカピですよ」

全然、説明になっていない。

オカピはなんだか不思議《ふしぎ》な生き物だった。

説明文《ぶん》を見れば、キリン科。脚《あし》はシマウマみたいに白黒《しろくろ》になっている。体は茶色《ちゃいろ》なのに。しかも、パンダ、コビトカバと並び、世界三大珍獣《ちんじゅう》のひとつであり、キリンの先祖《せんぞ》らしいという紹介《しょうかい》がされていた。

「やるな、オカピ」

ただ、少々地味《じみ》だった。

すぐ側《そば》にキリンがいて、ひなたはすぐにそっちに夢中《むちゅう》になってしまった。

宗太《そうた》としてはなんだか不思議《ふしぎ》な模様《もよう》のオカピが気になったが、ひなたにキリンを見せるために、そっちを向くしかなかった。

「な、な、な、なんと、長い！」

「長いな～」

ひなたのはしゃぎようといったら、完全に子供だった。

こういうひなたの反応を見るたびに、宗太はなんだかいいことをしたような気分になる。

キリンに続いて、大物《おおもの》のゾウを見に行った。

長い鼻を持ち上げながら、ぱお～んとゾウが鳴いた。

「はう……あう……」

ゾウの迫力《はくりょく》にひなたは声も出せない様子《ようす》だった。

「ぱお～んですよ。ゾウです、ゾウ。ほら、宗太さん、ゾウがいますよ」

「見てる、見てる」

ひなたが興奮《こうふん》して、宗太の裾《すそ》を引っ張ってくる。

「すごい、すごい、すごい、うんちしてます」

ひなたが昨晩《さくばん》から考えたコースもいよいよ最後となった。

パンダの檻《おり》の周りには、ちびっ子が群がっている。宗太もひなたと並んで、最前線《さいぜんせん》にかぶりついた。

パンダは一心不乱《いっしんふらん》に笹《ささ》を食べている。

「なにがあったんでしょうか」

「ん？」

「なにがあったら、あんな面白い色になってしまうんでしょう。変ですよ、変」

その感想も変だと思いながら、宗太は言わずにおいた。

ひなたは真剣な顔で、理由を考えているようだった。

「パンダ……食べすぎですよ」

それでも、パンダは食べることをやめない。

なんだかんだ言いながら、三十分以上も、宗太《そうた》とひなたはパンダを眺《なが》めていた。


日が傾きかけ、西の空が茜色《あかねいろ》に染まると、昼間のにぎやかさは姿を隠《かく》した。

殺人予告《よこく》時刻が刻一刻《こくいっこく》と迫ってきている。

園内《えんない》には、帰ろうとする人の流れができていた。子供がまだ遊ぶと駄々《だだ》をこねている。お母《かあ》さんに抱え上げられて、強制送還《そうかん》されていった。

そんな中、宗太はひなたを連れて動物ふれあい広場に足を運んだ。

客の姿はなかった。

飼育員《しいくいん》のおじさんがひとりいるだけだ。

「おや、お客さんかい」

「もしかして、もう終わっちゃいました？」

「いやいや、まだやってるよ。こっちにどうぞ」

言われるままに導かれて、宗太はひなたを広場のベンチに座らせた。足元にウサギが寄ってくる。

「な、なにか、ふさふさのがいますよ」

期待半分《はんぶん》、怯《おび》え半分の声だった。

宗太はウサギを持ち上げると、ひなたの膝《ひざ》の上に載せた。

すると、ひなたはぴたっと硬直《こうちょく》した。

「な、なんです、これ？　あったかくて、ひくひくしてます」

「ウサギだよ」

恐る恐るひなたが膝の上のウサギに手を伸ばす。

最初はおっかなびっくりだったが、少しずつ慣れてきたのか、大胆《だいたん》に背中を撫《な》で始めた。

じりじりと日が沈んでいく。宗太は時計を気にして、数秒おきに確認するのを繰り返した。

「あの……宗太さん。ひとつ、お聞きしてもいいですか？」

神妙《しんみょう》な面持《おもも》ちで、とても真剣な声音《こわね》だった。

「いいけど、なに？」

宗太の返事で、ひなたがほっと息を吐《つ》く。膝の上のうさぎを撫でながら、何か自分に言い聞かせるようにした後で、再度口《くち》を開いた。

「宗太さんは、どういう経緯《いきさつ》で、黒田《くろだ》さんのお手伝いをするようになったんですか？」

質問の中身が予想以上に重くて、宗太はすぐに返答できなかった。

「ご、ごめんなさい。やっぱり、いいですから」

宗太《そうた》の沈黙《ちんもく》を拒否と受け取ったのか、ひなたは慌《あわ》てて謝ってきた。

「いや、違うんだ」

「いいんです。いいんです……気にしないでください」

落ち着きをなくしたひなたの頭に、宗太はぽんと手を置いた。

「人の話はちゃんと聞け」

「あ、はい……」

「予想外《がい》の質問だったから、どこから説明しようか、ちょっと迷っただけだから」

「ごめんなさい」

いいと言っても、ひなたは情《なさ》けない声でやっぱり謝ってきた。

「三年前に、父《とう》さんが事件に巻き込まれて誰かに殺されたんだ」

すぐ隣《となり》でひなたが息を呑んだ。下手《へた》に時間を置くと、また変な気を遣《つか》わせると思って、宗太は間をおかずに続けた。

「母《かあ》さんは随分《ずいぶん》前に、病気で死んでて、事件のせいで天涯孤独《てんがいこどく》の身となったわけだ。そんな僕を事件の担当者だった黒田《くろだ》さんが拾ってくれたのが切っ掛けかな。あの人も、新設されたばかりの公安特課《こうあんとっか》を強化するために、協力してくれるムーンチャイルドを探してたから」

「そうだったんですか……」

「ま、僕のアルテミスコードじゃ、全然《ぜんぜん》黒田さんの役には立てないんだけどね。現に今日までこんな風《ふう》に現場に出ることはなかったし……」

「そんなことありません！　宗太さんのアルテミスコードはすごいんですよ！」

ひなたは身を乗り出して訴えてきた。びっくりしたウサギが膝《ひざ》から逃げてしまった。

「すごいんですから……」

少し上擦《うわず》って鼻にかかった声だった。

「ありがと」

「全然役《やく》に立たないのは……わたしの方なんですから……」

「立花《たちばな》こそ、そんなことないだろ」

それでも、ひなたはどこか寂しげな顔で、首を左右に振った。そのわけが少し気になったが、ひなたの深刻《しんこく》な顔を見て、結局聞《き》けなかった。

「わたし、お手伝いするとか言っておきながら、全然だめですね……。何のお役にも立てません……」

俯《うつむ》いてしまったひなたの表情はわからない。けど、声は震えていた。

何を言えばいいのかわからず、宗太はひなたの頭に手を置いた。

すると、ひなたが顔を上げる。

宗太の手に反応したのではなく、別の何かに気づいたような動作だった。

「今、何か聞こえませんでした？」

言われるままに、耳を澄《す》ませる。

けど、宗太《そうた》には何も聞こえない。

「……人の悲鳴みたいな……」

もう一度耳《みみ》を澄ませる。今度は聞こえた。助けてくれと叫んでいる。

声の方向を探る。動物ふれあい広場のさらに奥。そこはちょっとした森のようになっている。

街灯《がいとう》の明かりも届いていない。

宗太は慌《あわ》てた手付きで携帯を取り出した。即座《そくざ》に、本部に連絡を入れる。だが、繋《つな》がらない。

通話中になっている。

すぐに黒田《くろだ》の携帯にかけた。何度コールしても黒田は出ない。尾行《びこう》中の京《みやこ》や瑞希《みずき》、それに明《あき》人《と》には連絡をするなと言われているため、次に巴《ともえ》を選んだ。

悲鳴が近づいてくる。

「やめてくれ！　助けてくれ！　俺が悪かった！」

木々の隙間《すきま》から、アルテミスコードの発動が見えた。

早く出てくれと宗太は天に祈った。次の瞬間《しゅんかん》間繋がった。

「巴先生《せんせい》、動物ふれあい広場のすぐ近くで男性の悲鳴が」

聞こえてきたのは、巴の指示《しじ》ではなく、留守番《るすばん》電話サービスの無機《むき》的なアナウンスだった。

「宗太さん！」

今は誰にも頼れない。それなのに目の前で誰かが殺されようとしている。昨日《きのう》黒田からは耳にたこができるほどに聞かされた。単独では絶対に行動するなと。何があっても応援が到着するまでは現状維持《いじ》を心がけろと。

だが、待っていれば、人ひとりが殺される。何かできるかもしれないという場面で、何もしないことで奪われる命がある。

何もしないという選択は、誰かを見殺しにするのと同じだった。

口の中がやけに乾く。鼓動《こどう》も普段より早く高鳴っている。その重圧《じゅうあつ》に、宗太はついに我慢《がまん》できなくなった。

「立花《たちばな》、いいか?」

「だいじょうぶです。なにがあっても宗太さんはわたしがお守りしますから」

頷《うなず》くと、宗太はひなたの手を取って走り出した。

「アルテミスコードを使うぞ」

ひなたの足取りが、さっきよりも確かなものとなる。

ふたりは全力で走った。

薄暗《うすぐら》い木々の中に飛び込むと視界《しかい》は急に狭くなった。殆《ほとん》ど回りが見えない。恐怖が足元から駆け上がってくる。

少し進むと、海水の貯水《ちょすい》施設の裏手に出た。エアコンの室外機《しつがいき》を大きくしたような装置が、低い声を上げている。水温を調整する機械か何かなのだろう。

周囲は木々に覆《おお》われ、外の通りからはこちらが見えない。ちょっとした広場になっていた。

高台のライトが届き、この空間だけがスポットライトを浴びたみたいに明るくなっている。

そこにひとりの人物が立っていた。やってきた宗太《そうた》とひなたに驚き、身を縮ませながら素早《すば》く振り向く。

里見千歳《さとみちとせ》だった。

足元にはサッカーボールより少し小さめの丸い物体が置いてある。よく見ると、人の頭とわかる。

「里見、お前……」

「私じゃない。あいつがやった」

千歳が指で示した暗がりに、人の影が見えた。木の根元に立って、宗太たちの様子《ようす》を窺《うかが》っていた。宗太と、千歳、それから謎《なぞ》の人物を線で結ぶと、きれいな三角形ができる立ち位置だった。

謎の人物は、上下揃《そろ》いのジョギングスーツを着ている。顔は目深《まぶか》にかぶったフードのせいでわからない。

年齢《ねんれい》もわからない。細身《ほそみ》で身長はわずかに高め。それ以外に、特徴《とくちょう》という特徴が見当たらなかった。

「お前が執行人《しっこうにん》か」

返事はない。

身動きせずに、宗太とひなたの様子を窺っている。

フード頭がかすかに動いた。宗太の左手を見ている。次の瞬間《しゅんかん》、重心《じゅうしん》を落とした。

「立花《たちばな》、あいつを捕まえるぞ」

握った手に力を込めた。だが、ひなたの反応はない。

相手が両手を前にかざす。すると両手の間に赤く光る文字式《しき》が展開された。口元には笑《え》みを浮かべていた。

それでもひなたは動かない。

繋《つな》いだ手が震えていた。

「立花！」

宗太の声で、さらにひなたが怯《おび》えた。足ががくがくと震えて、顔色は真《ま》っ青《さお》だった。

相手のアルテミスコードの発現が視界《しかい》に入った。

まずいと思った。だから、ひなたを抱えて宗太は大きく横に飛んだ。

草むらに頭から突っ込んだ。枝があちこちに突き刺さる。それからコンマ数秒遅《おく》れて、背後で地面の底から響《ひび》き渡るような爆音《ばくおん》が鳴った。何が起きたか確認するよりも先に、背中に土の雨が降ってきた。

宗太は勢いよく体を起こした。

真《ま》っ先《さき》に目に映ったのは、地面に開いた大穴《おおあな》だった。地中から何らかの力で吹き飛ばされたようになっている。剝《む》き出しになったガス管から、空気の漏れるような音が聞こえた。すでに周囲には、ガスの嫌なにおいが溜《た》まっている。

どうやって地面を爆破《ばくは》したのかはわからない。それが恐怖を煽《あお》ってくる。

宗太《そうた》の力で太刀打《たちう》ちできる能力ではない。この窮地《きゅうち》を乗り切るには、ひなたの協力が絶対に必要だった。

ひなたの重力支配《しはい》能力で、相手を地面に張りつけてしまえばいい。抵抗するようなら、両足を砕くなりして、逃げられないようにすることもできる。手荒《てあら》にはなるが、こちらも命がけである以上、仕方がない。

「大丈夫《だいじょうぶ》か？　立花《たちばな》」

「あ……ああ……い、いや……」

ひなたは、全身をただ震わせていた。

「やだ……やめて……こないでください……」

小さな子供みたいに宗太にしがみ付き、恐怖に怯《おび》えている。

体が言うことを利いていない。立つこともできない様子《ようす》だった。

全身の血が足元に下がって行くような錯覚《さっかく》を宗太は感じた。唯一《ゆいいつ》、目の前の相手に対抗できる手段が、失われたのだ。

再び、執行人《しっこうにん》らしき人物がアルテミスコードを発動させる。

とにかく、今は離れるしかない。どんな能力にも効果範囲《はんい》がある。相手の能力がショートレンジであれば、完全に逃げ切ることも可能だった。

ひなたを抱えて、宗太は飛び退《の》いた。すぐには何も起こらない。上手《うま》く逃げ出すことができたのか。そう思った瞬間《しゅんかん》、空気を切り裂くような音が空から聞こえた。

執行人らしき人物の標的《ひょうてき》は、上空の電線だった。ひとつが切断《せつだん》され、空から降ってくる。電気、それにガス。ふたつがひとつの線で繋《つな》がった。

「里見《さとみ》も逃げろ！」

叫ぶのがやっとだった。ひなたを胸に庇《かば》って、宗太は地面に突《つ》っ伏《ぶ》した。

直後、切断された電線がガスに接触して引火《いんか》した。閃光《せんこう》が一面を焦《こ》がした。それを追いかけるように、鼓膜《こまく》が破れるような爆音《ばくおん》が鳴り響《ひび》いた。爆風《ばくふう》に宗太とひなたの体は煽《あお》られて大きく弾《はじ》き飛ばされた。

体が宙を舞っている。胸に抱えたひなたを手放してしまった。空が見え、木々が見え、それから地面の草が見えた。再び星が視界《しかい》に入ったとき、長いように感じた空中遊泳《ゆうえい》は終わりを迎えた。衝撃《しょうげき》が宗太の体を襲《おそ》った。

全身が痛みに悲鳴を上げている。どこが痛いのかもよくわからない。

だが、その痛みも、顔を上げてひなたを見た瞬間に消し飛んだ。

「ああ……うぅ……」

声にならないうめき声をひなたは上げていた。

「うそ、だろ……」

顔《かお》半分は鮮血《せんけつ》に染まっていた。

「うそだ……」

半開《はんびら》きの口が、虚《うつ》ろな呼吸を繰り返していた。

宗太《そうた》は立ち上がることもできず、ただ目の前の現実を否定することしかできなかった。

「やめてくれよ！」

炎《ほのお》が木々に燃え移り、ばちばちと乾いた音を鳴らす。その炎と煙の向こう側に、宗太は執行《しっこう》人《にん》の影を見た。走り去る足音が遠のいていく。

誰かが遠くで宗太とひなたの名を呼んでいた。

その到着を待てずに宗太は静かに目を瞑《つむ》った。意識が暗闇《くらやみ》の中に溶けていく。

いつのまにか、雨が降っていた。

第四章 幼さとの決別

1

目が覚めると、白い天井《てんじょう》が宗太《そうた》を見下ろしていた。

（夢じゃなかったんだ……）

寝ぼけることも許されず、すぐに現実が押し寄せてくる。

ここは病院。独特の空気感。消毒液《えき》のにおいが鼻につく。宗太が寝ているのは個室のベッドだ。

すでに朝日は昇《のぼ》り、窓からまぶしい光が差し込んでいた。

昨晩《さくばん》、執行人《しっこうにん》らしき人物と接触。何もできずに怪我《けが》をして、病院に運び込まれた。今の宗太にとって、それですべてだった。

ゆっくりと宗太は体を起こした。一瞬《いっしゅん》、頭に痛みを感じて顔を歪《ゆが》めた。腕や背中にも、まだ痛みが残っている。

「おはよ」

声に少し驚いて病室を見回す。京《みやこ》が長椅子《ながいす》に足を伸ばして座っていた。肩には毛布を羽織《はお》っている。表情は若干《じゃっかん》くたびれているようにも見えた。

「京先輩《せんぱい》……」

自分でも自覚できるほどに、弱々しい声だった。まるで他人の声だ。

京の顔を見て安堵《あんど》する反面、気絶《きぜつ》したあとのことが気になった。

犯人のこと、里見《さとみ》のこと、それに……。

「立花《たちばな》は!?」

聞きたいことはいくつもあった。その中から、宗太は真《ま》っ先《さき》にひなたのことを選んだ。身を乗り出すようにして京の返答を待つ。ひなたにもしものことがあれば……。

「無事だよ。出血は酷《ひど》かったけど、傷は浅かったみたい。怪我の具合でいったら宗太君の方が酷かったくらいなんだから」

「そっか……よかった」

宗太の体から力が抜けた。

「一時間くらい前に目も覚まして、意識もしっかりしてたから。今はまた寝ちゃったけど。お医者の話だと、ゴールデンウィークが終わる前には、退院できるだろうってさ」

「……ほんと、よかった」

宗太の脳裏《のうり》には、昨日《きのう》の現場の光景が焼きついていた。鮮血《せんけつ》に染まった白くて小さな顔。真《ま》っ赤《か》に塗りつぶされていた記憶《きおく》が、少しずつやわらいでいく。

「あたしとしてはちょっと残念だったけどな」

大げさに京が肩を落とす。

「なんてこと言うんですか！」

聞き捨てならない発言に、反射的に宗太《そうた》は噛《か》みついた。

「違う違う。宗太君のこと」

邪魔者《じゃまもの》でも追い払うように手をひらひらさせる。

「は？　僕？」

「目覚めて最初にひなたちゃんのこと聞かなかったら、ぶん殴《なぐ》る予定だったの」

「んなっ」

「黒田《くろだ》さんの命令だから、いいチャンスだったのに」

その名前を聞いて、宗太は左右を確認する。

「今はひなたちゃんの寝顔《ねがお》でも見てると思うよ」

言い終えると同時に、京《みやこ》が大あくびをした。

「大きなあくびですね」

「昨晩《さくばん》は、宗太君が寝かせてくれないから。もうくたくたよ」

わざとらしく俯《うつむ》いて、京が上目《うわめ》遣《づか》いをする。

「ご、誤解《ごかい》を招くような表現はしないでください」

「あたしは事実を言ってるんだけどな。あのあと大変だったんだから。犯人には逃げられるし、燃え広がる火の手は止めないといけないし、怪我人《けがにん》の救助もしなくちゃいけないしで。瑞希《みずき》と明人《あきと》君なんて、まだ動物園でお仕事してるんだから」

恨《うら》みがましい視線が、宗太に注《そそ》がれる。返す言葉もなかった。宗太の不用意な行動により、事件を余計《よけい》に大きくした。犯人も取り逃がした。

「それはご迷惑《めいわく》をおかけしました」

単独《たんどく》行動は禁止されていたのに、宗太は我慢《がまん》ができずに飛び出した。その上、ひなたに怪我までさせたのだ。

「そうだ。里見《さとみ》は!?」

「彼女も一緒に病院に運ばれてきたけど、膝《ひざ》をすりむいたくらいだったから、もう帰ったわよ。簡単な事情聴取《ちょうしゅ》だけ、黒田さんがやってね」

「……僕たちのことは？」

「今のところは何も説明してない。でも、気づいてるんじゃないかな？　カンの良さそうな子だし」

「そうですか……」

会話が途切《とぎ》れると、そこでもう一度、京が大きなあくびをした。

「さてと、ここからはバトンタッチ。こってり絞《しぼ》られちゃいなさい」

悪戯《いたずら》っぽく片目を瞑《つむ》ると、京は立ち上がった。それに合わせて、病室のドアが開いた。京が出て行き、代わりに黒田が入ってくる。

「もう落ち着いてるよな」

「はい……」

ベッドの脇の丸椅子《まるいす》に、黒田《くろだ》がどっかりと腰を据《す》えた。

「それじゃあ聞こうか。何があった？」

昨日《きのう》は気絶《きぜつ》して、何の証言《しょうげん》もできなかった。唯一《ゆいいつ》、犯人と接触しておきながら、何の役にも立っていない。初動捜査《しょどうそうさ》にも大きく影響《えいきょう》したはずだ。

「黒田さんに言われた通り、立花《たちばな》と動物園内《ない》を普通に回ってました。犯行予告《よこく》の時間が近づくまで、事件のことだって半分忘《わす》れてたくらいです」

言葉を選びなら、宗太《そうた》は慎重《しんちょう》に話を続けた。

「日が暮れ始めて、動物ふれあい広場に行って、そこで立花が人の悲鳴に気づいたんです」

「その時点で本部への連絡は？」

「しましたよ！　でも、繋《つな》がらなくて、黒田さんの携帯にもかけました。最後には巴《ともえ》先生にも！」

言い訳をするような必死さが、宗太の口調《くちょう》には込められていた。

「発信《はっしん》記録は調べさせてもらってるよ。そう焦りなさんな」

「だったら、わざわざ聞かなくてもいいじゃないですか」

「ほれ、続けろ」

宗太の抗議《こうぎ》の視線を、黒田がやんわりとかわす。

「最初は何を言ってるかまではわかりませんでしたけど、悲鳴が近づいてくるに連れて、助けてくれって叫んでました」

真《ま》っ直《す》ぐに自分を見据《みす》える黒田の視線に堪《た》えかねて、宗太は少し俯《うつむ》いた。

「放っておけば、誰かが死ぬ。そう思ったら、何かせずにはいられませんでした」

「死ぬのが、殺人犯《はん》でもか？」

黒田の質問に、宗太は勢いよく顔を上げた。心臓《しんぞう》が大きく脈《みゃく》打っていた。

三年前の残像《ざんぞう》が、宗太の頭を掻《か》き毟《むし》る。父親が殺された瞬間《しゅんかん》の映像が、フラッシュバックしていた。

宗太の手がわなわなと震えている。恐怖と憤《いきどお》りがそこにはあった。犯罪者を憎《にく》む気持ちが宗太の中には確かにある。けど、それがすべてではない。

「殺人犯だろうがなんだろうが、人が死ぬのなんて、僕は見たくないんですよ！」

その一言を言うだけで、宗太の息は上がった。肩で大きく呼吸を繰り返す。体中の血液が沸《ふっ》騰《とう》するような感覚があった。

人が人に殺されるなど、最悪でしかないのを宗太は知っていた。三年前に目の前で父親を殺されたときに、体に刻み込まれた。憎しみよりも不快感と絶望が強すぎた。

「ひなたは何か言わなかったか？」

「ただ、僕に頷《うなず》いてくれました。立花《たちばな》も同じように考えたんだと思います」

そこで黒田《くろだ》が深く息を吐いた。宗太《そうた》には失望《しつぼう》のため息にも聞こえた。気にはなったが、聞き返すことはしなかった。今、質問されているのは宗太の方であり、順序は守るべきだという判断はできた。

「それから、僕のアルテミスコードで立花の視覚を補い、悲鳴の聞こえた方に走りました」

「んで、ガス爆発があった場所で、犯人と出くわしたか」

「はい。里見《さとみ》も……里見千歳《ちとせ》もそこにいました。それと三番目の犠牲者《ぎせいしゃ》らしき人の生首《なまくび》も」

「すでに身元《みもと》の確認は取れているよ。石田幸洋《いしだゆきひろ》、十九歳《さい》。有名《ゆうめい》私立大学の学生であり、コンビニ強盗《ごうとう》殺人事件の犯人と警察は断定《だんてい》した」

そうですか、とだけ宗太は相槌《あいづち》を打った。その後、続きを黒田に話した。

「執行人《しっこうにん》らしき人物は、上下揃《そろ》いの黒のジョギングスーツを着ていて、フードを目深《まぶか》にかぶっていました。顔は見てません。身長は高くも低くもなかったです」

「他に特徴《とくちょう》はなし。里見千歳の証言《しょうげん》と一致してるな」

ここまでは、宗太が経験したことを話せばよかった。だが、この先は、宗太も上手《うま》く黒田に状況を伝えられるか自信がなかった。

ひなたのことが問題だった。

「執行人を前に、お前たちは何もしなかったのか？」

黒田の口調《くちょう》は、おどけてこそいないが、普段と同じでどこかやわらかい印象《いんしょう》があった。おかげで、宗太はすぐに答えることができた。

「捕まえようと思いました。立花のアルテミスコードがあれば、それも可能だと思ったから」

「だが、結果は違ったわけだ」

「使わなかったんですよ。立花はアルテミスコードを。向こうが敵意をぶつけてきても、攻撃されても、立花は使わなかったんです」

「それはどうしてだ？」

「わかりません」

「なら、どうしてわからない」

黒田の口調はやさしかったが、目は真剣だった。

「知りませんよ、そんなこと、僕は立花じゃない！」

「お前、本当にわからないのか？」

黒田の口調には、落胆《らくたん》が色濃く出ている。

「わかるわけないじゃないですか！　そんなしつこく聞いて、何が言いたいんです？」

事件のことを思い出して、宗太の呼吸は荒くなった。感情の抑制《よくせい》が利かなくなっているのを自覚しても、冷静さを取り戻すことができない。

何か意図《いと》的な言い回しをする黒田のやり方も気分を逆撫《さかな》でした。

「立花《たちばな》のことも調べはついていて、黒田《くろだ》さんはもうわかってるんじゃないんですか？」

「別に調べちゃいないさ。けど、だいたいの想像はついてるよ」

宗太《そうた》は座ったまま、勢いあまって、ベッドの脇にいる黒田の胸倉《むなぐら》を摑《つか》んだ。

「だったら質問なんかしないで、教えてくれたらいいじゃないですか！」

「そんなの本人に聞くんだな」

冷や水をぶっ掛けられたような気分だった。

宗太の手から力が抜けた。

「なあ、宗太。お前、立花ひなたの何を知ってる？」

「なにって……そんなこと言われても、まだ会って一ヶ月足《た》らずですよ」

宗太の言葉など無視して、黒田はさらに続ける。

「立花ひなたの誕生日はいつだ？ 好きな食べ物は？ 好きな動物は？ 好きな音楽は？ 映画は？ 嫌いな食べ物は？ 苦手《にがて》な科目《かもく》は？」

その答えを探そうとしても、宗太の中にはなかった。

「……知りませんよ」

「ひなたは知ってるぞ。七月七日の七夕《たなばた》生まれ。おにぎりの具は焼きたらこが好きで、トラをかっこいいと思っていて、ずっとＣＤを買い続けてるロックバンドがあって、去年の暮れに公開された映画を見て涙を流したことをな」

そういえば、そんな話をした。

「しいたけが嫌いで、苦手《にがて》な科目は英語」

朝食の時間、登校時、帰り道もそうだ。寝る前のちょっとした時間にもひなたは宗太のことを色々と聞いてきた。すごく遠慮《えんりょ》がちにだけど。

ばさっと宗太の膝《ひざ》の上に、二冊のノートが投げ出された。一冊には見覚えがあった。共同生活を始めてから書いている日報《にっぽう》だ。黒田への状況報告《ほうこく》もかねて、日々、気づいたことを適宜《てきぎ》書くようにと言われていた。

宗太は自分の分のノートを手に取って開いた。殆《ほとん》どが白紙に近い。最初の三日間くらいはページの半分が埋まっているが、他は全然だった。

もう一冊の表紙には、立花ひなたの報告と刻まれていた。

「報告自体《じたい》は、レコーダーを使って声でもらってるんだがな。それは京《みやこ》が文面にまとめてくれたものだ」

頭に過《よぎ》った疑問に、即座《そくざ》に黒田が答えてくれた。

ノートを開くと、宗太の胸に鋭い痛みが走った。一日一日の内容が、ページ全体にびっしりと細かく記されている。それも、殆どが宗太に関する記述だった。

朝起きて話したこと。登校時に知ったこと。ひなた自身が知りたいと思っていること。ページをめくるたびに、宗太は奥歯《おくば》を噛《か》み締めなければならなかった。

——四月六日

初めての学校は、すごく楽しみでもありました。でも、本当はとてもとても不安でした。わたしなんかが学校に行ってもいいのか、全然わからなかったので。

宗太《そうた》さんにもすごく迷惑《めいわく》をかけてしまっています。朝の準備は、明日からはひとりでやれるようにならないといけないと思いました。帰ったら特訓《とっくん》の開始です。

不安で、緊張《きんちょう》して、おまけに遅刻《ちこく》までしそうでした。だけど、宗太さんが手を繋《つな》いでくれたので全部吹《ふ》き飛んじゃいました。すごく嬉《うれ》しかったです。触れてると誰かが一緒にいてくれるんだって感じることができて、とても安心できます。

だけど、そのことを上手《うま》く宗太さんに伝えられなかったと思います。いっぱいいっぱい感謝してるのに。これからはがんばって、伝えられようにしたいです。

そうそう、わたしは学校では宗太さんの遠い親戚《しんせき》を演じなければなりません。一緒の家に住んでるのも、もちろん内緒《ないしょ》です。何だかこういうのわくわくします。少し、宗太さんは疲れた声を出してました。なにかご迷惑をかけているのかもしれません。ど、どうしましょう。

色々ありましたけど、今日はとてもいい日でした。わたしにも『いってきます』と『ただいま』を言ってもいい場所ができたんです。できたんですよ。

——四月十三日

物理の時間、宗太さんは居眠《いねむ》りをしてました。隣《となり》からすやすやと安らかな寝息《ねいき》が聞こえてましたから、たぶん間違いありません。今朝《けさ》、英語が苦手《にがて》だという話を聞きました。物理も好きではない感じです。あとでノートを見せて、日頃《ひごろ》の恩返《おんがえ》しをしたいところでしたけど、わたしはノートを取れないので残念です。

きょ、今日の目標は宗太さんの誕生日を聞くことでしたけど、残念ながら聞けませんでした。なんか、緊張してしまいます。明日こそはがんばりたいです。こうやって少しずつ宗太さんのことを理解していきたいと思います。

『おはようございます』と『おやすみなさい』を言える人がいるって、すごくすごいことなんだと思いました。それだけで明日もがんばれます。

——四月二十日

京先輩《みやこせんぱい》の助けもあって、宗太さんの誕生日を知ることができました。な、長い戦いでした。一週間もかかりました。これでは先が思いやられます。でも、くじけてもいられません。次は、す、好きな人がいるかを聞いてみたらと、京先輩に言われました。う〜、どうやって話を切り出せばいいか全然わかりません。こ、恋の話は難易度《なんいど》が高すぎます。

七月七日の七夕《たなばた》は、がんばってお祝いをしたいです。そうすることで、また一歩、宗太さんとの関係が前進するような気がします！

だけど、これからはわたしひとりでも、宗太《そうた》さんのことを色々と聞けるように努力しなければなりません。わたしも京先輩《みやこせんぱい》みたいになれたらいいのに。

む、無理なのはわかってますけど、少しでも近づけるようがんばりたいです！

あ、そ、それと、京先輩がもしこれを聞くことがあっても、わ、笑わないでください。

殺人事件のことは、よくわからないことも多くて、宗太さんには今日は何も聞けませんでした。普段よりもピリピリしてる感じがします。わたしの気のせいかもしれません。

こんなときに、目が見えたらいいのにって少し思います。

とにかく、宗太さんの迷惑《めいわく》にならないように努力しようと思います。こんなにすばらしい居《い》場所を、失いたくはありません。ずっとこのままが続けばいいのに……。

——四月二十八日
宗太さんと一緒に、お仕事をすることになりました。人が死んだり、千歳《ちとせ》ちゃんが疑われたりして……ほんとはすごくこわいです。事件の犯人を、わたしなんかに捕まえられるんでしょうか。でも、やらないといけません。この力を使って……。
それをする代わりに、わたしはここにおいてもらっているんですから。失敗も絶対にできません。失敗したら、また……。

それに、宗太さんが参加する以上、がんばってついていきたいです。わたしの力が役に立つなら……。

こわくても、きっとだいじょうぶ。宗太さんが一緒なら……だいじょうぶです。今度こそ、きっとだいじょうぶです。

ノートの最後のページまでひなたの報告は続いていた。この一ヶ月足《た》らずで、真《ま》っ白《しろ》だったノートを全部埋《う》めたのだ。宗太など数ページしか使っていないのに。

ただ、胸が苦しかった。

たった一ヶ月足らず。だけど、その一ヶ月足らずでこれだけの時間があったのだと、宗太は思い知らされた気がした。

「立花《たちばな》ひなたはいつもお前を見てた。目なんて見えなくても、ちゃんとお前を見ていた。なのに、お前はなにやってたんだ」

毎日の繰り返しに焦りを感じていながら、変わらない日常を守ろうとしていた。

世界に変化を求めながら、自分は変わろうとしていなかったのだろう。

ひなたは新しい生活の中で悩み、少しずつでもよくしていこうと、がんばっていたのに。

真田《さなだ》宗太という人間を、必死に理解しようとしてくれていたのに。

それなのに、宗太は何もしていなかった。

「ひなたのこと、ひなたに聞いたらまずいと思ったか？」

「詮索《せんさく》しない方がいいとは思いました……だって、色々あっただろうことは、なんとなく想像がつきましたから」

「そんな風《ふう》に、ひなたは周囲の人間からずっと敬遠《けいえん》されてきた。その理由をひなたはよく知ってる。だから自分から自分の話は殆《ほとん》どしない。話すことが迷惑《めいわく》だと知っているからな。それに話すことで自分から人が離れていくことも知っている。ひなたはそうやって、今日までひとりで全部背負《せお》ってきたんだよ」

言葉がなかった。

「聞かないことがやさしさのことも当然ある。けど、聞いてやることがやさしさのときもあるってことだ」

この一ヶ月足らずで、宗太《そうた》は何度疑問《ぎもん》を呑み込んできただろう。そのたびに、理由をひなたに押し付けた。彼女のために聞かない方がいいだろうと。そうやって目を瞑《つむ》ってきたのだ。踏み込むことから逃げてきたのだ。

「お前、なんで、名前で呼ばないんだ？」

「え？」

突然の黒田《くろだ》の切り口に、宗太は驚くしかなかった。

「言われなかったか？　名前で呼んでほしいって」

あれは最初に、宗太がひなたを部屋に上げた夜のことだった。

確かに名前で呼んでほしいと言われた。

照れくさいのを理由に断ってしまった。

そういえば、学校でも自己紹介《しょうかい》のときもひなたと呼んでほしいと言っていた。

「ちゃんとわけがあるんだよ」

理由があるなんて考えもしなかった。

そこにあるひなたの想いを知ろうともしなかった。

「立花《たちばな》ってのは、最初にいた研究所でつけられた姓《せい》でしかない。本当の両親は、月のかけらが落下した十四年前に死んでる。誰の子かもわからない。ただ、地獄《じごく》みたいな焼《や》け野原《のはら》で自衛隊《じえいたい》に保護されたとき、服に名前だけは刺繍《ししゅう》されていたそうだ」

「それが……『ひなた』」

「ああ。たったひとつだけ、本当の両親が残してくれた確かなもの。だから、特別なんだ」

宗太は何も言えなかった。

「救助された後は、ずっと研究所の中で育ってきた」

そんなこと、想像しようと思えばできることだった。

最初に宗太と会ったとき、ひなたは服すら着ていなかった。どこからか逃げ出してきた途中《とちゅう》だったのだ。

それがどこで、なんで逃げ出してきたのかを聞く機会など、今日までの間にいくらでもあったのに。

「お前も知っての通り、ひなたの持つアルテミスコードの量は尋常《じんじょう》じゃない。あのクラスは、世界基準《きじゅん》で見ても、指折《ゆびお》り数えるほどしかいないだろう。京《みやこ》ですら足元にも及ばない。どこの機関だって喉《のど》から手が出るほどに欲しがる。だが、五年前に目が見えなくなってから、状況は一変《いっぺん》した。扱いが難しすぎてな。だから、この五年間、十七にもなる様々な分野《ぶんや》の施設をたらい回しにされてきた。長くて一年。一週間で追い出された例もある」

黒田《くろだ》は内ポケットから煙草《たばこ》の包みを取り出した。

だが、ここが病院だと気づいたのか、すぐにポケットに戻した。

「誰もが立花《たちばな》ひなたを貴重《きちょう》なアルテミスコードだと思っている。まるでモルモットか、便利な道具の扱いだよ。その点に関しては、俺も人のことは言えないがね」

自虐《じぎゃく》的な笑《え》みで黒田は床の一点を見つめていた。

「それでもひなたは嫌な顔ひとつしない。どこに行っても愛想《あいそ》よく明るく振る舞おうとする。なるべく迷惑《めいわく》をかけないようにと努力する。そうしていれば、いつかきっと自分の居《い》場所が見つかるって信じてるんだろうな」

宗太《そうた》の手はわけもわからずに震えていた。

「お前まで、俺たちと同じ汚い大人《おとな》にはなってほしくないな」

「身勝手《みがって》な言い分ですね」

「ああ、そうだよ。だが、今のお前は俺たち以下だ」

最も近くにいながら、ひなたと向き合おうとしなかった。突き放しもしなかった。

上辺《うわべ》だけ上手《うま》く繕《つくろ》って、踏み込もうとしなかった。

ひなたに期待だけさせて、きっと裏切り続けてきたのだ。それも無自覚に。

「ひとつ教えておいてやる。あの子がこの世で一番嫌いなもの。それは、自分の力だ。力さえなければ、色々な場所をたらい回しにされることもなかった」

導き出された答えに、宗太は目をきつく瞑《つむ》った。

奥歯《おくば》を噛《か》み締めた。

ちゃんと聞いてあげればよかった。向き合ってもっと話をすればよかった。ひなたの気持ちを考えてあげればよかった。

そうすれば、犯罪者の悪意の前に、ひなたを晒《さら》すこともなかった。怖い思いなどさせずに済んだ。一番嫌いな自分の力を、宗太のために使おうなどと言わせずに済んだのだ。

「正直驚《おどろ》いたよ。ひなたがお前に協力を申し出たって聞いたときは」

そこで黒田が言葉を止めた。

廊下から誰かが走ってくる足音がした。ここは病院だ。それだけで、何かあったと感じることができる。

勢いよくドアが開いた。やってきたのは京《みやこ》だった。

「どうした、京」

「ひなたちゃんが、病室からいなくなったの！」

最初に動いたのは宗太《そうた》だった。何も考えずに、ベッドから降りると、病室を飛び出した。

病院であることも構わずに走った。傷の痛みのことも頭にはなかった。

今は一刻《いっこく》も早くひなたに会って話がしたかった。

2

宗太が廊下を走ってると、二階の窓から中庭が見えた。芝生《しばふ》の絨毯《じゅうたん》に囲まれた道の真ん中《まんなか》に銀色の光を見つけた。

慌《あわ》てて立ち止まり、窓にかじりついて確かめる。間違いなくひなたの後姿《うしろすがた》だった。

再度《さいど》走り出すと、白衣《はくい》に身を包んだ中年の医者とすれ違った。何か怒鳴《どな》り散らされたがまったく耳に入らなかった。

階段を転がるように駆け下り、自動ドアをこじ開けるようにして宗太は中庭に出た。

レンガで舗装《ほそう》された公園のような道を、ひなたがゆっくりと歩いていた。

荒い呼吸を何度か繰り返し、気持ちを落ち着けてから、言葉を投げかけた。

「立花《たちばな》！」

宗太の声に反応して、ひなたは跳ねるように体を震わせた。音も立てずに、ひなたが静かに振り向いた。

思わず目を瞑《つむ》った。

頭に巻かれた包帯《ほうたい》が痛々しかった。手や足も、同じように傷の手当てがされている。京が持ってきてくれたのだろう。ひなたはパジャマを着ていて、その見慣《みな》れた姿に、包帯という非日常が、宗太の胸を深く抉《えぐ》った。

手には前方確認用《かくにんよう》の白い杖《つえ》が握られている。

「勝手《かって》に部屋を出て、どうしたんだよ。まだ寝てないとだめだろ」

「やることがあるんです」

小さな声だった。それでもはっきりとした意思《いし》を宗太はひなたの言葉に感じた。

「今やることは体をよくすることだろ？　病室に戻ろう」

今度もひなたの意思は明確だった。首を左右に振ったのだ。

「どうしたんだよ」

意味がまるでわからない。宗太はひなたに近づこうと大きく踏み出した。

「こないでください！」

「病室に戻ろう」

「やることがあります」

「そんなこと、もうないだろ」

「動物園に行かないとだめなんです！」

それまで溜《た》め込んでいたものを吐き出すように、ひなたは声を上げた。それは、宗太《そうた》が近づくのを完全に拒《こば》んでいた。

「少し外に行くだけです。すぐに戻りますから心配しないでください」

「何言ってんだよ。まだ安静《あんせい》にしてないと」

「お医者さんはもうだいじょうぶだって言ってくれました」

じりじりとひなたが後ろに下がる。その距離が宗太には永遠に思えた。本当に、自分はひなたのことを何も理解できていないと痛感《つうかん》させられた。

「立花《たちばな》、お願いだからわかるように言ってくれ」

「動物園で犯人を捕まえてきます。だから待っててください」

「お前、何を言って……もう執行人《しっこうにん》は動物園にはいないんだ。逃げたんだよ」

「いえ、います！」

我慢《がまん》ができなくなったのか、ひなたは宗太に背中を向けて走り出した。

「馬鹿！　危ないだろ！」

言った側《そば》からひなたはレンガの段差《だんさ》に足を引っかけた。杖《つえ》で無理矢理《むりやり》に体を支えようとする。

転倒《てんとう》は免《まぬが》れたが、代わりに杖が真《ま》ん中《なか》から折れてしまった。あれでは足元の確認ができない。

それでもひなたは走るのをやめなかった。宗太から逃げるように遠ざかっていく。前方には、
噴水《ふんすい》の池があった。

「そっちは危ないって」

全力で宗太も駆け出した。止まれと何度言《い》ってもひなたは止まらない。

噴水も動いていないため、音でひなたが気づくことはない。

「止まってくれ、立花！」

力いっぱい叫んだが、今のひなたには届かなかった。噴水の池の淵《ふち》に足を取られ、ひなたが
頭から水に飛び込んだ。

立ち上がったひなたは、全身ずぶ濡《ぬ》れになりながらも、逃げることを止めない。何がひなた
にそうまでさせるのか、全然わからなかった。

ただ、ひとつだけはっきりしていることがあった。

それは今のひなたを黙って見ていられないということだ。

宗太は濡れるのも構わず、噴水の池に迷わず飛び込んだ。思ったよりも深い。膝丈《ひざたけ》くらいま
であった。

おかげで、背の小さなひなたの足止めにもなってくれた。

思うように前に進めず、ひなたがバランスを崩して倒れそうになる。

「きゃっ！」

「だから、危ないって！」

ひなたが転倒《てんとう》する寸前《すんぜん》で、宗太は腕を摑《つか》んだ。そのまま、池の真《ま》ん中《なか》で背中から抱きすくめる。

「は、放してください！」

小さな体を、ひなたが力いっぱいにゆすった。

それでも宗太《そうた》は放さなかった。

「聞いてほしいことがあるんだ」

髪《かみ》を左右に揺らしながらひなたが全身で拒否《きょひ》の意思《いし》を示す。

「いやです！」

手も足もばたばたと動かした。

「頼むから、聞いてくれ！」

「宗太さんの話は聞きたくありません！」

両手で耳を塞《ふさ》ぎ、ひなたはしゃがみ込んでしまう。

宗太も芝生《しばふ》の上に膝《ひざ》をついた。ひなたを摑まえた腕にはさらに力を込めた。それでも、ひなたはなおも暴れ続けた。

「聞きたくないです！　言わないでください！　聞きたくないんです……」

拒むような態度は、徐々に嘆《なげ》きに変わっていく。

「今度はどこに行けっていうんですか！　いやです！」

「立花《たちばな》、なにを……」

「どうせ、宗太さんもわたしのこと要《い》らないって言うんです！　だから、聞きません！」

何でひなたが逃げ出したのか、ようやく宗太は理解した。

黒田《くろだ》の言葉が思い出される。

色々な研究施設《しせつ》をたらい回しにされてきた。それはきっと、今回の失敗のように、何か問題を起こした直後に起こったことなのだろう。だから、動物園なのだ。だから、犯人を捕まえると言ったのだ。役目をきちんと果たせることを証明するために。役に立つことを実証《じっしょう》するために。

「立花の聞きたくない話はしないから」

「アルテミスコードすら役に立てられないなら、わたしには何の価値《かち》もありません！　お荷物です……でも、どこにも行きたくないです……」

「立花はお荷物なんかじゃないから！」

「……もういやです。とても好きになれる居場《い》所だったんです……」

「頼むから、僕の話を聞いてくれ」

「捨てられるのは、もういやです……」

「そんなことしないから」

「……うう、うわあああ」

ついにそこでひなたは泣き出した。

「立花《たちばな》」

「言わないでください！　ひとりは……寂しいのはもういやです……」

涙に濡《ぬ》れた否定に、宗太《そうた》は負けそうになった。

どんな言葉をかければ届くのか、考えても全然わからない。

それでも逃げるわけにはいかない。自分のためにもひなたのためにも。

「終わりにしたくないです……ここにいたいです……」

「終わりになんてしないから。だから、聞いてくれ！」

そこで宗太は大きく息を吸い込んだ。ひなたに言葉が届くなら、喉《のど》が潰《つぶ》れてもいいと思った。

「ひなた！」

びくんとひなたの体が跳ねた。

「……あ、え……いま、宗太さん……？」

「僕の話を聞いてほしいんだ。ひなた」

「……名前で、どうして……!?」

ひなたの感情の波がすっと引いていく。

「ごめん。何も知らなくて。何も知ろうとしなくて。だけど、今度はちゃんとひなたと話して、向き合って行きたい。だから、僕にもう一度チャンスをくれ」

「宗太《そうた》さん……でも、わたし……」

「悪いのは全部僕《ぼく》で、ひなたじゃないから」

「わたしのこと、迷惑《めいわく》じゃないですか？」

「迷惑なんかじゃない」

「本当ですか？　なら、まだ宗太さんと一緒にいてもいいですか？」

「当たり前だろ」

「夢じゃないですか？」

「夢じゃないから、ほら」

宗太はひなたのほっぺたを後ろから引っ張った。

ひなたの涙は拭《ぬぐ》っても、拭っても溢《あふ》れ出てくる。

「よかった……よかったです」

「そんなに泣くことないだろ」

「だって……この一ヶ月は、これまで生きてきた中で、一番楽しかったから」

ひなたの想いに、宗太は耳を傾けた。

「だから、だから、絶対になくしたくないって思って……がんばって、宗太さんに嫌われないようにしようと思って……」

嗚咽《おえつ》交じりの声は聞き取り難かった。それでもたくさんの想いが詰まっていた。

「迷惑かけないようにしようと思って……役に立つようにがんばろうって思って……そうすれば、ここにいられると思って……」

小さなひなたの体をそっと抱きしめた。

「でも、なかなかそれが上手《うま》くできなくて……」

頭をやさしく撫《な》でてあげた。

「だめなやつだと思われてると思うとこわくて……だから……」

今度は正面からひなたを抱きしめた。

「だから、絶対に犯人を捕まえたかったです……なのに、わたし、こわくなって、何もできなくなって……こわくて……そんな自分がすごくいやで……居場所《いばしょ》がなくなるのも、いやだったのに……」

胸に飛び込むと、ひなたは心の底から声を上げて泣いた。

「だけど、だから……うわあああん」

最後の防波堤《ていぼうてい》が決壊《けっかい》して、感情が溢れ出した。

一度流れ出すと、もう止まらなかった。

「よかったです……よかったよぉ……」

宗太《そうた》はよしよしと何度も頭を撫《な》でた。

黒田《くろだ》に言われたどんな言葉よりも、ただひなたに泣かれることが何よりも辛《つら》かった。けど、だからこそ、今度はちゃんとやろうと思えた。

できることなら、もうひなたが泣かずに済む居《い》場所になってやりたい。そんなことを宗太は考えさせられた。漠然《ばくぜん》と自分の中にあった不安の正体が、今になってわかった気がした。

どこにいればいいのか、自分が何者なのか。確かな答えを見つけられずに、今日まで焦りを感じてきた。そうした不安が、ひなたは人一倍《ひといちばい》大きかったのだ。

少しだけ、ひなたを理解できた気がした。

ようやく泣き止んだひなたが鼻をすする。

「あ、あの……そ、宗太さん?」

「うん?」

「ちょっと苦しいです……それと、すごく恥ずかしいです」

指摘《してき》されて、宗太は自分がひなたを抱きしめていることを今さらのように自覚した。慌《あわ》てて、手を放す。

「ご、ごめん……その勢いでつい」

「わ、わたしは……べ、別にいいですよ?」

耳まで真《ま》っ赤《か》にして、ひなたは小さな声で言った。一度意識《いしき》すると、宗太も鼓動《こどう》の高鳴りを抑えられなかった。いいと言うなら、抱きしめてしまいたい。今のひなたを見ていると、そんな衝動《しょうどう》に駆られる。

気持ちを静めるのに、宗太は全《ぜん》神経を費やすはめになった。

ひなたの体温と、折れてしまいそうな細い体を忘れるために、宗太は口を開いた。

「あ、あのさ、ひなたの誕生日っていつなんだ？」

「え？」

きょとんとした顔が宗太を見ている。

「僕にもひなたの誕生日を教えてほしいんだ」

「え？」

「……昨日《きのう》です」

今度は宗太が間の抜けた声を出す番だった。

「き、昨日って昨日か？」

「はい」

思い返してみれば、誕生日の話をした際に、何か期待しているような、言いたそうな顔をしていた。あれは、誕生日が近かったからだったのだ。

「本当の誕生日はわからないんですけど……」

一瞬《いっしゅん》沈んだひなたの表情が、宗太《そうた》を動かした。

「よし、何か願いごとをひとつ言ってくれ」

「え？」

「あくまで、僕にできる範囲《はんい》でだけど。プレゼントの代わりにさ」

「だ、だけど、ご迷惑《めいわく》では」

「頼む。せめて何かさせてくれ」

「……だったら」

ひなたの手が、宗太の顔に伸びてきて挟まれた。水に濡《ぬ》れた手は冷たかった。

「な、なんだ、一発殴《なぐ》らせろっていうのか？」

「ち、違いますよ！　そんなこと、言いませんよ」

それからひなたは緊張《きんちょう》した面持《おもも》ちで、深《しん》呼吸をした。

「宗太さんの顔を見たいです」

何を言われたのか、最初はわからなかった。

「だめ、ですか？」

ああ、そうか。宗太はひなたに自分の顔すら見せたことがなかった。

ひなたにとって、宗太は未だに暗闇《くらやみ》の中にいる。

「がっかりしないでくれよ」

「わたしが宗太さんに、がっかりすることなんてありませんよ」

「そう言われると、ますます自信がなくなるな」

宗太は立ち上がると、ひなたの手を引いて噴水《ふんすい》から上がった。池の淵《ふち》に立って、水面が落ち着くのを待つ。

「それじゃ、行くぞ」

宣言と共に、アルテミスコードを発動させた。

「はい」

水面には、手を繋《つな》いだ宗太とひなたの姿が映っていた。

それは宗太の視界《しかい》にも入っている。

同じものが、ひなたにも見えているはずだ。

ひなたの反応を見てみたいが、目を逸《そ》らせば、宗太の姿を見せられなくなってしまう。だから、必死に我慢《がまん》した。

水面に映ったひなたは、泣きはらした顔に満面《まんめん》の笑《え》みを浮かべていた。

「思ってたより、かっこいい？」

「僕に確認しないでくれ」

それから、ふたりは朝日を浴びながら、馬鹿みたいに笑った。出会って初めて、心の底から笑えた。

「あの、宗太《そうた》さん」

「ん、なんだ？」

「ひとつ、聞いてほしい話があるんです」

「話？」

先ほどまでの笑《え》みを仕舞《しま》い込むと、ひなたは三回深呼《しん》吸をした。それから、普段より少しトーンの低い声で言った。

「わたし、執行人《しっこうにん》の正体がわかってしまいました」

3

ゴールデンウィークの最終日、宗太とひなたはふたり揃《そろ》って退院した。

その間に、執行人の事件は新たな進展を見せていた。殺人犯に対する第四、第五となる血の制裁《せいさい》の予告が出され、四人目は北海道《ほっかいどう》で、五人目は九州《きゅうしゅう》の鹿児島《かごしま》で、それぞれ生首《なまくび》となって見つかった。これで被害者は計五名となった。

今朝方《けさがた》、第六の犯行《はんこう》予告も出た。

——次は、幼児誘拐《ゆうかい》殺人事件の犯人に血の制裁を下す。執行人
動物園の一件で、千歳《ちとせ》に対する疑いが晴れた代わりに、黒田《くろだ》たちは犯人の手掛かりの一切を

失った。

捜査《そうさ》の焦点《しょうてん》は、どういう手段で殺人犯《はん》を特定し、どういう方法で殺し、そして、どういう能力で遠方《えんぽう》まで運んだのかに向けられている。犯行の動機《どうき》は未だに不明《ふめい》。複数犯《はん》の可能性も視野に入れて捜査は続いているらしい。

その辺の事情は、何度も見舞《みま》いに顔を出した京《みやこ》から入院中に聞かされていた。千歳《ちとせ》が二番目の事件現場《げんば》で目撃《もくげき》された理由もはっきりした。

千歳は知っていたのだ。高坂由佳里《こうさかゆかり》がホームレス通《とお》り魔《ま》殺人事件の犯人であることを。だから執行人からの予告状《じょう》が出た際に、心配になって由佳里に会いに行った。そこを、近隣《きんりん》の住人に目撃され、犯人だと疑われる結果を生んだ。

千歳の話では、由佳里は両親の不仲《ふなか》にストレスを感じ、ここ最近《さいきん》不安定な時期がずっと続いていたらしい。それで、度々《たびたび》、由佳里は自分の中の苛立《いらだ》ちを、他者にぶつけることで発散していた。

由佳里がムーンチャイルドであったことも、千歳の証言から明らかになっていた。何もないところに炎《ほのお》を巻き起こしていたのを、千歳は何度も見ていた。

最初、そんな話をされても、宗太は簡単には信じられなかった。なれなれしく話しかけてきた由佳里が、人を殺した人間には思えなかったから。

「何も死ぬことはなかったのにな……」

溜《た》まっていた洗濯物《せんたく》を洗濯機の中に放り込みながら宗太《そうた》は言った。

「なにか言いましたか？」

風呂場《ふろば》の掃除をしていたひなたが、鼻の頭に泡《あわ》をつけてバスルームから顔を出した。

「ひなた、鼻に泡ついてるぞ」

ごしごしと、ひなたが手で自分の鼻を触る。案《あん》の定《じょう》、手についていた泡で、さらに酷《ひど》いことになった。何度もくしゃみを繰り返す。宗太はタオルを取ると、何も言わずに近づいて拭《ふ》いてやった。

「ご、ご迷惑《めいわく》をおかけします」

「そんな遠慮《えんりょ》しなくていいって」

しばらく洗濯は洗濯機に任せて、宗太は風呂場の掃除を続けるひなたを見ていた。浴槽《よくそう》を流そうと水を出し、シャワーの方が出てきて水浸《みずびた》しになっていた。

「今のは想定内《そうていない》の出来事ですよ」

「変な強がりはやめろ。大体想定内なら、避けられるだろ……」

再びタオルを持ち出して、宗太はひなたを拭いてあげた。それでも濡《ぬ》れたシャツはどうしようもない。肌《はだ》が透《す》けて見えているのも、精神衛生上《えいせいじょう》よろしくなかった。

「髪《かみ》だけ拭くから、すぐに着替えてこい」

「だいじょうぶですよ。また濡れる恐れもありますので、このまま掃除を済ませます」

名案とばかりに、ひなたが主張する。腰に両手を当てて、自信満々《まんまん》だ。

「その……全部、透けてるんだよ」

宗太はなるべくひなたを見ないように言ってやった。自分の状況が理解できたらしく、ひなたは口をぱくぱくとさせて何かを訴えかけてきた。

「京先輩《みやこせんぱい》とは違って貧相《ひんそう》ですので、み、見ないでください……」

「あ、いや、そのだな……京先輩と比べるのはさすがに無謀《むぼう》だと思うから……って、いや、今のは忘れてくれ」

自分を抱きしめるように腕で体を隠《かく》し、ひなたは後ろに下がって行く。そのまま浴槽の淵《ふち》に足を引っかけた。あっと宗太が口を開けたときには遅かった。残り湯を張った湯船《ゆぶね》に背中から飛び込んだ。大きな水しぶきが上がった。

「おい、大丈夫《だいじょうぶ》か！」

両手を掴《つか》んで慌《あわ》てて引っ張り上げる。透けているどころの騒ぎではなかった。頭からバスタオルをかぶせた。

「き、着替えてきます！」

ひなたは手すりを掴んで、自分の部屋へと一直線に向かった。床に小さな足型《あしがた》が残されていく。

部屋のドアが閉まると、へなへなと宗太は床に座り込んだ。のぼせたように頭がぼんやりし

ている。念のため、鼻に手を当てる。さすがに鼻血《はなぢ》は出てなくて、ほっとした。

病院で抱きしめて以来、妙《みょう》に意識している。それを自覚してしまっているから、気のせいだと思うこともできない。

さっきの濡《ぬ》れ姿も完全に脳内《のうない》に焼き付いていた。

余計《よけい》なことを考えないように、宗太《そうた》は思い出したようにひなたに声をかけた。

「なあ、ひなた」

「は、はい？」

「出てくるときでいいから、昔の写真、見せてくれないか？」

「あ、はい。わかりました！　お約束の品ですね！」

やたらと元気な返事があった。

元々は、入院中の暇《ひま》つぶしにと、京《みやこ》が持ってきたアルバムが原因だった。去年の体育祭や文化祭、その他の諸々《もろもろ》の行事の写真には、京に振り回される宗太の姿が映っていた。宗太の力でひなたにも見せてあげると、やけにはしゃいで喜んだ。そのときに、お返しにと、ひなたも写真を見せてくれると言ってきたのだ。

ここ五年間は写真なども残っていないが、目が見えていた当時のアルバムはあるという。

リビングで待っていると、大切そうに胸にアルバムを抱えたひなたが部屋から出てきた。それをテーブルの上で広げる。

宗太《そうた》がアルテミスコードを使い、ひなたの目の代わりをする。

「どうですか？　わたし、変じゃないですか？」

ひなたの態度には、緊張《きんちょう》と期待が混ぜこぜになっている。

だが、写真を見ても、すぐに宗太はぴんとこなかった。写真の中の少女が本当にひなたなのか、自信が持てなかった。何かが違う。いや、違う部分はわかっている。

「これ、全部、ひなたか？」

同じ人物がどの写真にも写っている。だから、今、宗太が見ているのがひなたで間違いないのだろう。それでも、聞かずにはいられなかった。

「そうですよ？」

「……髪《かみ》、黒かったんだな」

そう。写真のひなたはどれも黒い髪をしていた。

「目が見えなくなった頃に、外人《がいじん》さんになっちゃったみたいです」

「いや、日本人は日本人だろ……」

最初、何らかの薬物《やくぶつ》の影響《えいきょう》を疑ったが、ひなたの綺麗《きれい》な髪を見ていると、その可能性はないように思えた。あとはアルテミスコードの仕業《しわざ》と考えることができたが、過去にそんな例は聞いたことがない。

「この頃は、大人《おとな》の学者さんたちに囲まれて、とてもよくしてもらってました。朝から晩まで、検査とか実験とか、そんなのばかりでしたけど」

懐《なつ》かしむような口調《くちょう》だった。写真の中には笑っているものもある。カメラ目線《めせん》ではにかんでいるものも。それらがひなたの言葉を証明していた。

「それでも、学校は行かせてもらえなかったんだな」

「はい。でも、勉強教《おし》えてくれる人はいましたよ」

ひなたに決定的にかけていたこと。それは同年代の子供と遊ぶことだ。アルバムの写真も、八割方《がた》ひとりで写っている。他は白衣《はくい》を着た研究者と並んでいるものしかない。

だからこそ、今の生活を、ひなたは一番楽しいと語ったのだろう。

突如《とつじょ》、後ろで洗濯機《せんたくき》がピーピーと電子音《おん》を鳴らした。どうやら洗濯が済んだらしい。宗太は立ち上がり、洗面所に向かった。その後ろで、ひなたがアルバムを片付けに部屋に戻っていく。

宗太は洗濯物をかごに移すと、ベランダに出た。

ひとつずつ広げて干していく。すると、ひなたがリビングに戻ってきた。

「宗太さん、どこですか？」

「今、ベランダ」

「わっ、わたしの洋服は、じっ、自分で干しますからっ！」

慌《あわ》てた様子《ようす》で、ひなたがばたばたとやってくる。

「そっ、そのっ！　したっ、したっ、したっ！」

「落ち着け、落ち着け」

「下着とかありますから！」

宗太《そうた》の手にピンク色した薄い布きれが握られている。思わず、沈黙《ちんもく》してしまった。

「も、もしかしてもう……」

宗太の反応でひなたも気づいたらしい。赤い顔をしたひなたが宗太目掛《めが》けて飛びかかってきた。

「か、返してください！　ご、後生《ごしょう》ですから～」

今にも泣きそうな声を出している。

「ば、ばか、こんな場所で暴れるな、危ないって！　だいたい前は気にしてなかっただろ！」

反射的に宗太も取られまいと、ピンクの布きれを頭上に掲《かか》げる。取り返そうと、ひなたが何度もジャンプしてくる。

そこに予想外《がい》の声が飛び込んできた。

「ふたりとも、なにやってるのかしら？」

一瞬《いっしゅん》にして時が凍りついた。宗太は油の切れたロボットのように部屋の方に首を向けた。

「京先輩《みやこせんぱい》……いや、こ、これはですね」

リビングの中央に京が立ち、その背後には瑞希《みずき》と明人《あきと》の姿もある。六つの目が、宗太とひなたを見比べていた。

「女の子の下着を片手に、その持ち主とじゃれあってるプレイ？」

京が携帯を取り出し、ぱちりと宗太とひなたを写真に収めた。

「ちょ、ちょっと何を！」

「これで、宗太君はしばらくあたしに逆らえないと」

「普段から逆らえませんよ！」

自分でも情《なさ》けないことを言っていると思いながらも、事実なのだから否定のしようがなかった。

「一緒に住んでいるとは聞いていたが、ふたりの関係がここまで進んでいるのは知らなかった」

部屋の中を瑞希がしみじみと見回す。

「同棲《どうせい》かあ」

対照《たいしょう》的に、明人は目を輝かせて室内を観察していた。

「何しに来たんですか」

素知《そし》らぬ顔で宗太は洗濯物《せんたくもの》をかごに戻す。先にひなたをリビングにあげると、宗太もそれに続こうとする。そこを京に止められた。

「宗太君、下に白のミニバン停まってる？」

言われるままに下を確認する。確かに白のミニバンが止まっていた。スーツを着た男がひとり出てきて、煙草《たばこ》に火をつけている。

「いますけど、それが何か？」

「さすが捜査《そうさ》一課の刑事。簡単には尾行《びこう》を撒《ま》けないか」

物騒《ぶっそう》なことをさらっと口にしながら、京《みやこ》は部屋の物色《ぶっしょく》を始めた。目で瑞希《みずき》と明人《あきと》にも合図を送る。

京の指示《しじ》に従って、瑞希と明人もおかしな行動を取り出した。電話をひっくり返し、アダプターを抜き、ゴミ箱の底や換気《かんき》扇《せん》の内側を覗《のぞ》き込み、はたまた天井《てんじょう》の蛍光灯《けいこうとう》のカバーまで外している。

「素朴《そぼく》な質問なんですが、他人の家で何してるんですか？」

「盗聴器《とうちょうき》と隠《かく》しカメラがないか調べてるの……ここにはなさそうね」

朝の挨拶《あいさつ》でもするみたいに、京はまたしてもさらりと言ってのけた。続きの説明を求めるように、宗太《そうた》は京から視線を外さなかった。

「熱いまなざしで見つめられると、照れるじゃないの」

「冷ややかな目で見ているつもりなんですけど」

「宗太君のくせに、言うようになったわね」

「いいから、答えてください。何で捜査一課に尾行されて、盗聴器なんか探すんですか？」

質問が終わると同時に、室内の確認は終わったらしく、京がよしっと口元に笑《え》みを浮かべた。

瑞希と明人も大丈夫《だいじょうぶ》だという反応をそれぞれに返す。

「立ってないで、みんな座ったら？」

自分の家のような言い草だ。当然のように京が真《ま》っ先《さき》にソファに座る。宗太は、その隣《となり》にひなたを座らせた。早速《さっそく》、京にぬいぐるみ扱いされている。撫《な》でたり、くすぐったりするものだから、目のやり場に困る。

宗太と瑞希は適当に床に腰を落とした。明人だけ居場所《いばしょ》を見つけられずに、立ったままだった。

タイミングを計って、宗太は京の方に体ごと向けた。視線で促《うなが》すと今度は応じてくれた。

「理由は簡単よ。あたしが執行人《しっこうにん》じゃないかって疑われてるの。あたしの部屋は盗聴器だらけだったし」

あまりに唐突《とうとつ》な発言に、宗太も、ひなたもぽっかりと口を開けた。

「夫婦は似てくるっていうの、あれ本当なのね」

京がおかしそうに笑う。

「ちょっ、誰が夫婦……ってそんなことじゃなくて、どうしてそういう話になるんですか」

「状況を冷静に考えてみなさいな。あたしのアルテミスコードの能力はなに？」

物質転送《てんそう》能力。手に触れたものを自由に別の場所に飛ばすことができる。宗太は実際に何度も見たことがある。

「第四、第五の事件が発覚したのは、北海道《ほっかいどう》と鹿児島《かごしま》。ほら、あたしの能力だとばっちりだと思わない？」

口調《くちょう》はおどけているが、京《みやこ》の目は真剣だった。現段階《げんだんかい》では自分の潔白《けっぱく》を証明できないことを理解している顔だった。

「待ってくださいよ。京先輩《せんぱい》の転送《てんそう》能力って、見えている場所か、明確に記憶《きおく》している場所にしか、物を送れないはずですよね？」

「写真だと厳《きび》しいけど、ＴＶ中継されてる場所になら飛んでいけるわよ」

自信を持って語る京の態度に、宗太は反論の口を閉ざした。恐らく、第四、第五の殺人が起こった日に、北海道《ほっかいどう》と鹿児島《かごしま》からの中継を流した番組があったことを、すでに京は調べてある。潔白を証明できないからこそ、容疑者《ようぎしゃ》として扱われることを受け入れているのだ。

「けど、だからって盗聴《とうちょう》なんて違法捜査《いほうそうさ》じゃないですか。そんなの黒田《くろだ》さんを通して、やめさせれば」

「それは無理だな。公安《こうあん》、特に特課《とっか》は、縄張《なわば》りがかぶる捜査一課の天敵《てんてき》みたいなものだ。そもそも新設されて数年の歴史しか持たない特課は色々と権限《けんげん》も弱い。それに……」

「それに、なんだよ？」

「黒田さんもあたしを疑ってるから」

返す言葉がなかった。確かに京のアルテミスコードなら犯行は可能になる。

「だけど、京先輩の能力だと、生首《なまくび》なんて作れないんじゃ」

場所を移動させることはできても、首を切断《せつだん》することはできない。望みをつなぐような想いで宗太は京を見た。

　京は黙って、ティッシュを何枚か引っ張り出すと、丸めたり、捻《ひね》ったりを始めた。しばらく見ていると、てるてる坊主《ぼうず》ができ上がった。

　頭の部分を指で摘《つま》んで、宗太たちに見えるように差し出す。それからアルテミスコードを発動させた。

　宗太が瞬《まばた》きした隙《すき》に、てるてる坊主の頭はなくなった。

「首から下だけ、別の場所に飛ばすなんてことも、あたしにはできるんだな、これが」

　これで容疑を晴らす手段はなくなった。

「疑われて、尾行《びこう》や盗聴までされて、よく平気な顔してられますね」

「う〜ん、なんでだろうね。あたしが犯人だからかな？」

「そういう冗談《じょうだん》、やめてください！」

　真剣な顔でにらみつけると、京は小さくごめんと言った。

「少し卑屈《ひくつ》になってるのかも」

　気持ちを切り替えるように、京は勢いよく立ち上がった。

「ま、なんにせよ、ここは盗聴されてないみたいで安心したよ」

「もしかして、そのために来てくれたんですか？」

「ひなたちゃんの私生活が覗《のぞ》き見されるのは許せないからね」

それから、もう行くねとだけ言って、明人《あきと》を連れて、京《みやこ》は出て行ってしまった。その背中に、宗太《そうた》はかける言葉を見つけられなかった。自分が疑われていながらも、きちんと他人のことを気遣《きづか》える京を見習いたい気持ちだった。

部屋には宗太とひなた、それから瑞希《みずき》の三人だけが残った。

「今日の京先輩《せんぱい》、元気なかったですね」

「捜査《そうさ》一課の取調べで、あれを言われたせいだろうな」

「あれとはなんですか？」

「それは……」

「刑務所《けいむしょ》にいる父親のことか」

言いよどんだ瑞希に代わって宗太が答えた。

「犯罪者の娘は、犯罪者。そんなところだろ？」

無言で瑞希は頷《うなず》いた。その重苦《おもくる》しい空気はひなたにも伝わったようで、この件に関して、もう何も言ってこない。

「それより、お前は行かなくてもいいのか？」

そもそも瑞希だけが部屋に残ったのが意外《いがい》だった。

「何か話でもあるのか？」

「真田《さなだ》はなかなかの観察眼《かんさつがん》を持ってるんだな」

「はぐらかすなら聞かないぞ。僕はこのあと残りの洗濯物《せんたくもの》を干すという重要な使命があって、それほど暇《ひま》じゃないんだ」

「なるほど、確かにそれは重要な使命だな」

まだはぐらかす瑞希に苛立《いらだ》って、宗太は構わずに立ち上がった。

「わかった。話すよ。座ってくれ」

その場に、すとんと腰を落とす。

「実は嫌疑《けんぎ》をかけられているのは、キョウ先輩だけじゃない」

「他に誰が？」

聞き返しながら考えても他に思い当たる人物はいなかった。

「ひとりは里見《さとみ》千歳《ちとせ》だ」

驚きに宗太が口を半開《はんびら》きにする。すぐに聞き返すことができずにいると、ひなたが口を挟んだ。

「どうしてですか？　千歳ちゃんとは違う犯人に、動物園で会いましたよ」

「ふたりが見た相手が執行人《しっこうにん》とは限らない。里見千歳のアルテミスコードで作った人形だった可能性もある。他人を操《あやつ》るような類《たぐい》のアルテミスコードを使った可能性も否定できない。もしくは、執行人の共犯者《きょうはん》という線もあるだろう？」

「けど、だけど……」

「潔白《けっぱく》を証明する方法はないのに、容疑《ようぎ》をかける理由は星の数ほどあるんだ」

瑞希《みずき》の発言を否定する言葉を探したけど、宗太《そうた》の頭の中にはなかった。確かに、さっき瑞希が言ったようなアルテミスコードを使った犯罪は過去に起こっている。それと近い能力があれば、動物園での一幕《ひとまく》を演出することもできるだろう。

なぜ、そのような回りくどい手段を使ったのかも想像に容易《たやす》い。

「第三の事件が起きたとき、すなわち真田《さなだ》とひなたが動物園で執行人《しっこうにん》らしき自分を見たとき、里見《さとみ》は自分が疑われていることを知っていた。だから、容疑を晴らすために一芝居《ひとしばい》打ったとも考えられる。事実、黒田《くろだ》さんは最《さい》有力の容疑者として里見を見てる」

「そんな……」

「真田にとっての問題はここからだ」

瑞希の言いたいことを先読《さきよ》みするように、宗太はじっと瞳《ひとみ》の中を覗《のぞ》き込んだ。

「里見にも捜査《そうさ》一課の尾行《びこう》が張りついている。それに、部屋には盗聴器《とうちょうき》や隠《かく》しカメラが仕掛けられているんだ」

気持ちの悪さが宗太の胸の中を這《は》い回った。千歳《ちとせ》の私生活が、何も知らない大人《おとな》たちによって暴《あば》かれる。考えたくもなかった。

だが、すぐに別の問題が宗太の頭に浮かび上がった。瑞希はわざわざそれを教えるために、残ってくれたのだろうか。その可能性は低いと思えた。

「それと、容疑者はもうひとりいる。本人にはまだ知らせていないが……」

歯切れの悪い言い回しに妙《みょう》な違和感《いわかん》があった。本人に知らせていないとはどういうことなのだろうか。知らせないのが当たり前なのに。

ドアの方を一瞬《いっしゅん》だけ瑞希が見た。それで、わかった気がした。

「まさか、中条《なかじょう》か」

声には出さず、瑞希は静かに頷《うなず》いて肯定した。

「それこそ理由はないだろ」

「理由は動機《どうき》だ。中条は犯罪者に対して、恨《うら》みを持っている。彼は姉をムーンチャイルドに殺されているんだ。それに不《ふ》登校も手伝ってアリバイがない」

「たった、それだけで容疑者なら、僕だって該当《がいとう》するだろ」

強く口にしながらも、宗太はすぐに自分の発言に対する反論を悟《さと》った。宗太のアルテミスコードでは犯行は不可能であると判断されたのだ。脅威《きょうい》ではないと思われた。逆に、明人《あきと》の能力であれば、やりようはある。

「TVをつけてもいいか？」

返事の代わりに宗太はTVをつけた。

昼間のワイドショーが流れている時間だ。今回の一連の殺人事件で、話題は持ち切りだった。テロップには、悪を裁《さば》く現代の仕事人か、などと書かれている。

いかにもインテリぶった評論家《ひょうろんか》が、警察の無能《むのう》を嘆《なげ》き、執行人《しっこうにん》の存在を歓迎するような発言をしていた。最近では、もう珍しくない。

入院中にも嫌と言うほどに目にした。

「人殺しを擁護《ようご》するようなやつが、どうしてTVで偉そうに発言してるんだ」

捜査《そうさ》の方向性が気に入らないことへの八つ当たり。それを自覚しても、言わずにはいられなかった。

「執行人を支持する者は、次第に増えてきている。事実、ネットの掲示板《けいじばん》やコミュニティでは、正義の味方扱《あつか》いだ」

肩をすかして、瑞希《みずき》が呆《あき》れたように言った。

「本庁《ほんちょう》の刑事部《ぶ》もそうだが、私たち特課《とっか》も検挙率《けんきょりつ》は落ちる一方だからな。未決《みけつ》事件の被害者《ひがいしゃ》家族が、執行人と話をしたいなどと警察に電話をしてくる始末《しまつ》だ。黒田《くろだ》さんが頭を抱えていたよ」

「そんなのおかしいです……よくわからないけど、おかしいです」

「そう、世の中はおかしい。だから、これ以上、おかしくならないように、私たちの手で執行人を捕まえるんだ」

決意を含んだ瑞希の口調《くちょう》に、思わず宗太《そうた》は見惚《みと》れた。同時に、こんな顔もするんだと思った。いつもスマートに立ち振る舞っている瑞希にしては、感情的な表情だった。

ＴＶがＣＭに切り替わると、宗太は足を伸ばして座り直した。

「なあ、柿崎《かきざき》。執行人の目的や動機《どうき》はなんだと思う？」

「今までの行動から推測《すいそく》すれば、単に悪を許せないんじゃないのか？」

「随分《ずいぶん》と身勝手《みがって》な正義感を持ったやつがいるんだな」

自分の価値観《かちかん》だけで他人を裁《さば》き、世の中を騒がせている。やることが子供じみているように宗太には思えた。

「だが、悪人を裁くだけが目的なら、犯行予告《よこく》は不要になるはずだがな」

「確かにそうだ。目立たないようにした方が、警察の目を欺《あざむ》ける」

「だから、執行人の本当の目的は、殺しの先にあるんじゃないかと思う。ただの愉快犯《ゆかいはん》という説も捨てられないが」

感心したような顔で、宗太は瑞希を見ていた。目が合うと、照れたように笑った。

「こんな推理《すいり》、私には似合《にあ》わないと言いたいんだろう」

「少し意外《いがい》だけど、様《さま》になってるとは思う」

「馬鹿にして」

もう一度、瑞希は照れたように笑った。飾らない自然な笑《え》みだった。

そのとき、宗太の携帯が鳴った。着信名《めい》を見ると黒田と書かれている。

「はい。宗太ですけど……」

「京《みやこ》と明人《あきと》はいるか？」

少し緊張《きんちょう》感の漂った声だった。何かあったなと、宗太《そうた》の直感《ちょっかん》が言っている。あとで説明が面倒《めんどう》なので、ハンドフリーモードに切り替えて、黒田《くろだ》の声をひなたと瑞希《みずき》にも聞かせた。

「いえ、少し前に出ましたけど」

小さく黒田が舌打《したう》ちするのがわかった。

「何かあったんですか？」

数秒の思考《しこう》の後、黒田は重い口を開いた。

「……幼児誘拐《ゆうかい》殺人事件の犯人が自首《じしゅ》をしてきた」

体に電気でも走ったように、宗太の体がびくんと揺れた。鼓動《こどう》が高鳴っているのがわかる。

事件にひとつ大きな変化が出た。

先ほどの瑞希の言葉が思い出される。

殺しの先にあるもの。それがこれだというのだろうか。宗太が顔をあげると、瑞希と目が合った。

「恐らく、近々執行人《しっこうにん》が動くだろう」

だから、京《みやこ》と明人《あきと》の居《い》場所を気にしているのだ。次の大きなアクションを見逃さないようにするために。

「ここには僕とひなたと柿崎《かきざき》だけです。ふたりがどこに行ったかは……」

「わかった。何かあったときのために、お前たちはそこに待機《たいき》していろ」

宗太の返事を待たずに電話は切れた。

慌《あわ》ててベランダに飛び出して下を見た。京が気にしていた白のミニバンはいなくなっている。

部屋に戻ると、瑞希は難しい顔で携帯メールを打っていた。恐らく、京と明人に連絡をいれているんだろう。

事件の速報《そくほう》が、早々にＴＶ画面に表示《ひょうじ》された。

――幼児誘拐殺人事件の犯人、自ら警察に出頭《しゅっとう》
すぐにワイドショーも番組の予定を切り替えて、速報の話題に触れた。評論家《ひょうろんか》が興奮《こうふん》したような声を上げている。

『いや～、実に素晴らしい効果ではありませんか。執行人が犯罪者を裁《さば》いたことで、逃亡《とうぼう》中の犯人が恐怖して、自ら警察に出頭してきたのですからね』

執行人を支持する自分の主張に評論家は明らかに酔っていた。

『これにより、今までにない犯罪抑止《よくし》が可能になるのではないでしょうか。アルテミスコードも、このように使えば、社会の役に立つわけですよ』

「随分《ずいぶん》とふざけた主張をしてくれるな」

評論家を見る瑞希の目は冷ややかだった。

「こいつは私にも人殺しになれって言ってるのか」

「瑞希ちゃん……」

心細《こころぼそ》いような声をひなたが出した。それを聞いて、すぐに瑞希《みずき》から冷たさが消えた。

「ごめん。怖い声を出したな」

「い、いいえ、平気です」

ぎゅっと宗太《そうた》の裾《すそ》をひなたが握ってくる。

TVからは不愉快《ふゆかい》な評論家《ひょうろんか》の顔が、突如《とつじょ》として消えた。代わりに報道センターが映し出される。

『番組の途中《とちゅう》ですが、臨時《りんじ》ニュースをお伝えします』

年配《ねんぱい》の男性キャスターが緊張《きんちょう》した面持《おもも》ちで、ニュース原稿《げんこう》に目を落とす。

『たった今、執行人《しっこうにん》から新たなメッセージが届きました。それをお伝えしたいと思います』

宗太は思わず画面に身を乗り出した。

執行人の反応が良すぎるのが気になった。

『執行人の声明《せいめい》を読み上げます』

大きく息を吸ったのち、キャスターは明朗《めいろう》な声を出した。

『罪深《つみぶか》き殺人者たちよ。自らの罪を認め、自首《じしゅ》という道を歩むのならば、裁《さば》きは法に委《ゆだ》ねよう。それができぬ者には、血の制裁《せいさい》を下す』

「……まさか、柿崎《かきざき》が言ったように、本当に犯罪者を根こそぎ社会から消すつもりなのか」

『今から上げる事件の犯人は、速《すみ》やかに自首をすることだ。しない者は、明日の日没《にちぼつ》をもってこの世との別れを覚悟《かくご》せよ。以上が執行人からのメッセージです』

ひなたの手が震えていた。恐らく、動物園であった執行人のことを思い出しているのだろう。

『さらに、今回は十件にも及ぶ未《み》解決の殺人事件の犯人を処断《しょだん》するという犯行予告も送られてきております。今から画面に、全《ぜん》事件名を発表します』

画面の下から上に向かって、事件がずらずらと流れ始める。

それを見ている瑞希の体が一瞬《いっしゅん》だけびくりと動いたのを宗太は見逃さなかった。即座《そくざ》にTVの画面も確認した。

――女子大生殺害《さつがい》事件
視線を戻すと、もう瑞希の顔に焦りの色はなかった。

キャスターが神妙《しんみょう》な顔付きで深《しん》呼吸をしていた。

『このような訴えを、この場でするのが相応《ふさわ》しいかはわかりません。ですが、人命《じんめい》に関わることですので言わせていただきます。今表示《ひょうじ》した十の事件の犯人は、早々に警察への自首を願います。その上で法による裁きを受けることをお勧めします』

「執行人に踊らされているな」

どこか冷めた目つきで、瑞希はTVを眺《なが》めていた。

TVを消しても、部屋に充満《じゅうまん》した嫌な空気はなくならなかった。

「柿崎、何に気づいた？」

前置きなく吐き出された言葉に、瑞希《みずき》は先ほどと同じようにびくりと動いた。

「よく見てるんだな」

乾いた口調《くちょう》で言い、少し間をおいてから、瑞希は床の一点に視線を落とした。

「これは調べればすぐにわかることだから言うが、今、発表された事件名《めい》の中に、中条《なかじょう》に関連するものがあった」

「女子大生殺害《さつがい》事件か？」

小さく瑞希が首を縦《たて》に振った。その事件の被害者《ひがいしゃ》というのが、明人《あきと》の姉なのだろう。

「執行人《しっこうにん》と中条を繋《つな》ぐ橋が、ひとつできたってわけか」

「これまでの殺しが、捜査《そうさ》攪乱《かくらん》のためだと考えれば、時期的にもおかしくないだろう」

「なら、柿崎《かきざき》、お前は中条が犯人だって言うのかよ」

結論を口にしたつもりだったが、瑞希は首を左右に振った。

「誰かが中条……それに里見《さとみ》やキョウ先輩《せんぱい》もそうだが、容疑《ようぎ》をなすりつけようとしているんだと私は信じたい。そのためにも、真犯人《しん》をあぶりだす。真田《さなだ》にはその協力をしてほしいんだ」

「柿崎、お前」

「私に考えがある」

「その作戦、黒田《くろだ》さんには？」

「念のため、秘密にしておきたい。動物園での犯行を思い出してくれ。状況から執行人が里見を犯人に仕立てようとしていたのは明白《めいはく》だ。そして、その里見を警察が疑っていることを知っていたのは、里見自身《じしん》と警察関係者《かんけいしゃ》だけになる」

つまり、瑞希は警察内部に内通者《ないつうしゃ》、もしくは真犯人がいると言いたいのだ。

「危険なんじゃないのか？」

「……それは承知《しょうち》している。下手《へた》を打てば死ぬかもしれないな」

「なら、お前はどうしてそこまでする？　リスクを冒《おか》して、お前に何の得がある。その理由が僕にはわからない。正義感なんて言われても信用できないぞ」

真《ま》っ直《す》ぐに宗太は瑞希の目を見た。その本心《ほんしん》を読み解くように。

すると、観念《かんねん》したように瑞希が表情を砕いた。

「自分の生活を盗聴《とうちょう》され、尾行《びこう》されているのを知ったら、中条はどう思うだろう」

「中条が？」

「他人から奇異《きい》の目で見られ、学校にも行けなくなったあいつを、これ以上追《お》い詰めたくないんだ。だから、気づかれる前に執行人を見つけ出して事件を終わらせたい」

言い終えると、瑞希は強がった表情をしながらも、目を伏せた。頬《ほお》がわずかに赤い。

「……お前……もしかして」

待ったとばかりに瑞希は宗太の顔の前に手を出した。

「その先は言うな。似合《にあ》わないのは理解している」

しおらしく消えそうな声だった。それから言い訳でもするように続けた。

「……トラックの事故があったとき、私も現場にいたんだ」

一瞬《いっしゅん》、何の話かわからなかったが、すぐに明人《あきと》が幼稚園児《ようちえんじ》を助けたときのことだと宗太《そうた》は理解した。

「アルテミスコードを使うか、私は躊躇《ためら》ったよ。人の目も多かったからな」

視線を落とした瑞希《みずき》の口調《くちょう》には、自分を卑下《ひげ》する感情が乗っていた。

「けど、中条《なかじょう》は躊躇わなかった。あいつはそういうやつなんだ。だから……たぶん、私は……」

「わかったよ。柿崎《かきざき》が中条に本気だってことは」

「なっ、お前な！」

顔を赤くして怒っても何の迫力《はくりょく》もない。そのことに自分でも気づいたのだろう。瑞希は誤魔《ごま》化《か》すように話を進めた。

「里見《さとみ》の疑いを晴らしたい真田《さなだ》にとって、悪い提案じゃないだろう」

なんだか初めて瑞希の本心《ほんしん》に触れたような気がした。それがおかしくて宗太は声を出して笑っていた。

「器用《きよう》そうな顔してくるくせに、お前ってすごく不《ぶ》器用なんだな」

「う、うるさい！　黙れ！　そんなまじまじと見るんじゃない！」

すねたように瑞希がそっぽを向く。

「僕に言えた義理《ぎり》じゃないけど、思ってること中条に言ってやればいいんじゃないか」

「な、何を馬鹿なことを」

「上手《うま》く行くかは保証できないけど、少なくとも喜ぶとは思うぞ。学校にいけなくなった自分を、好きでいてくれる人がいるんだからな」

まだ自分はひとりじゃないと感じることができるだけでも、不登校《ふ》になった明人にとっては励みとなるはずだ。

探るような目つきで瑞希が振り向いた。まだ口を尖《とが》らせているが、宗太の言葉に思うところはあったようだ。

「本当にそう思うか？」

宗太は自信を持って強く頷《うなず》いた。脳裏《のうり》には数日前のひなたとのやり取りが思い出されていた。ひなたの不安を自分でも拭《ぬぐ》うことができたのだ。瑞希にだってきっとできる。

「なら、事件が落ち着いたら考えてみる」

宗太は横目《よこめ》でひなたを見た。自然と瑞希の視線もひなたへと向く。

「ただ、私の作戦を確実にするには、ひなたの協力が不可欠だ。執行人《しっこうにん》を誘《おび》き出すことに成功したとしても、私と真田の能力では、対抗できないだろうからな。相手はステータスⅢだ」

ひなたは考え込むように俯《うつむ》いてしまった。しばらく見ていると、小さく手が震えているのがわかった。

「なあ、どうやって執行人《しっこうにん》を誘い出すんだ？」

「……殺人犯《はん》のひとりを餌《えさ》に使う。こう言えば、意味は通じるだろう？」

「それ、中条《なかじょう》のお姉《ねえ》さんを殺したやつか？」

曖昧《あいまい》に微笑《ほほえ》むと、瑞希《みずき》はひなたの答えを待たずに立ち上がった。

「返事は今晩《こんばん》中にくれ。明日になれば執行人がまた動き出すだろう。その前に、手を打っておきたいんだ」

そこまで言い切ると、瑞希は部屋を出て行こうとする。

「僕たちが断ったら、ひとりでもやるつもりか？」

瑞希の背中は何も答えなかった。そのまま出て行った。

部屋には宗太《そうた》とひなただけがぽつんと残された。普段はふたりで使っている家だ。ふたりでいることが当たり前だったが、特課《とっか》の仲間がいたせいか、空間を持て余している気がしてならなかった。

「宗太さん、わたし……」

「ひなたはさ」

何か言おうとしているのに、あえて宗太は言葉を重ねた。

「言いたいこと言っていいんだぞ」

「宗太さん？」

「馬鹿だと思ったら馬鹿だって言っていいんだぞ」

「は、はい」

「むかつくと思ったら、むかつくって言っていいんだからな」

「わ、わかりました」

「こわかったら、こわいって言うんだぞ」

宗太はひなたの正面に座ると、膝《ひざ》の上に重ねてあった手に、自分の手を乗せた。

「今度こそ、わたし、だいじょうぶですよ」

「本当か？」

「はい。まだ、こわいのはこわいですけど、前のこわいとは少し違いますから」

言っていることの意味を、きちんと全部理解《りかい》してあげることはできない。けど、気持ちに変化があったことだけは、宗太にも感じ取ることができた。

「悪い人を捕まえて、ここにいてもいいんだって思いたいんです。今度こそ居《い》場所を守りたいんです。そうすれば、もっと幸せになれるような気がするんです」

「そっか」

「はい。だから、瑞希ちゃんに協力しましょう。京《みやこ》先輩《せんぱい》や、中条くん、それに……千歳《ちとせ》ちゃんのためにも早くしないと」

小さくてもきちんと色々なことを考えているひなたに、宗太は素直に感心した。

自然とひなたの頭を撫《な》でていた。

「あ、あの、宗太《そうた》さん?」

「ん? なんだ?」

「ひ、ひとつ……お願いしてもいいですか?」

「僕にできることなら」

「こわくなったら、手、握ってもいいですか?」

消えそうな声だった。顔を赤くして俯《うつむ》いている。宗太も真《ま》っ直《す》ぐにひなたを見ていられなくなった。

照れくさくて、返事の代わりに宗太はひなたの両手をぎゅっと握った。

すると、ひなたが安心し切ったような笑顔になる。

「僕たちの手で、事件を解決しような」

「はい!」

その明るい声に、もう震えはなかった。

第五章　誰がため

1

西の空が茜色《あかねいろ》に染まる。

周辺の市町村と比べて、月乃宮《つきのみや》市の日没《にちぼつ》は圧倒的に早い。巨大なくぼ地——正しくは、巨大なクレーターに作られた街だからだ。

十四年前に彗星《すいせい》が月に衝突《しょうとつ》。月のかけらが飛び散り、地球に六つの隕石《いんせき》が降り注《そそ》いだ。そのひとつが落ちたのが、宗太《そうた》たちが暮らしているこの場所だった。

瓦礫《がれき》の山と化した街の復興《ふっこう》に際して、政府は気持ちを新たにという意味を込め、それまでとは別の地名をこの土地に与えた。それが月乃宮だった。

整頓《せいとん》された街中《まちなか》にいると、もう災害《さいがい》当時の面影《おもかげ》は見られない。せいぜい、他の街と比べて、不《ふ》自然に更地《さらち》の部分が多い程度だ。

宗太の視界《しかい》には東京ドームに匹敵《ひってき》する広さの空《あ》き地が見えていた。いずれここも開発が進み、月乃宮の街の一部となる。

建設中のオフィスビルの十六階から望む景色《けしき》はなかなかだった。

夕日の眩《まぶ》しさに、宗太は目を細めた。隣《となり》に立ったひなたの髪《かみ》が、きらきらと輝いている。太陽に負けないほどに眩しい。

せっかくの景色をもっとひなたに見せてやりたいと宗太は思ったが、作戦中の今、行動の自由は利かない。柱の陰に身を潜《ひそ》めていなければならないのだ。

それも仕方がない。瑞希《みずき》の提案に乗り、執行人《しっこうにん》を誘い出すために、放課後《ご》を待ってこの開発地区にやってきたのだ。

ビル内のフロアの様子《ようす》を改めて確認する。

施工途中《せこうとちゅう》のため、コンクリートが打ちっぱなしの状態だ。大きな柱が所々にあり、広さはかなりある。天井《てんじょう》の高さを無視すれば、お遊びで野球くらいは楽しめそうだ。

宗太とひなたはフロアの角にある柱の陰に隠《かく》れていた。ふたつ隣の柱の陰には、瑞希が片膝《かたひざ》をついて待機《たいき》している。

それと、フロアの中央に、ひとりの女性が立っていた。

女性の名前は、三好沙織《みよしさおり》。女子大生殺害《さつがい》事件——すなわち、明人《あきと》の姉が殺された事件の犯人だ。

彼女こそが、執行人をあぶりだすために瑞希が用意した餌《えさ》だった。

瑞希は明人のために、ずっと事件の犯人を単独で探していたのだという。そのことを例によって顔を赤くしながら説明してくれた。

日頃《ひごろ》の成果が、こんな形で役に立つとは、瑞希も思っていなかっただろう。

「あの人も、人の命を奪ったんですよね。全然、そんな風《ふう》には見えませんけど」

沈黙《ちんもく》に耐えかねたように、ひなたが小声で言った。

宗太《そうた》の目にも人殺しには見えなかった。三好沙織《みよしさおり》はどこか穏《おだ》やかで、物静《ものしず》かな女性だった。何かの間違いかとも思ったが、彼女自身が犯行《はんこう》を認めている。

抵抗されることもなかった。

「もう私はアルテミスコードを使えませんから」

理由を聞くと、そう返された。二十歳《はたち》を過ぎた頃から、誰もがアルテミスコードの力が弱まる。そして、数年後には使えなくなる。

詳しいメカニズムは解明《かいめい》されていない。結果としてそういうものだということが、世界《せかい》共通で認識《にんしき》されていた。だからこそ、能力者をムーンチャイルドと呼び、特課《とっか》に所属する者は、未《み》成年《せいねん》ばかりなのだ。

瑞希《みずき》の作戦は、三好沙織の名前で、執行人《しっこうにん》を呼び出すことにあった。執行人が持っている高《こう》坂由佳里《さかゆかり》の携帯に、三好沙織の名でメールを送ってある。

自首《じしゅ》は絶対にしないという内容で。

執行人が昨日《きのう》予告した十件のうち、すでに九件の自首が確認されていた。残っているのは、フロアの中央に心細そうに立っている三好沙織だけだ。

「執行人は本当に来るのでしょうか?」

「今日まで執行人は、犯行予告を裏切ったことがない。だから、来ると思う」

有言実行《ゆうげんじっこう》を貫《つらぬ》くことで、執行人は世間《せけん》からの注目を集めた。そこに意味があるのなら、途中《とちゅう》でやり方を変更《へんこう》する可能性は低い。執行人にとって、予告を守ることはメディアに対する最低の礼儀《れいぎ》になっているように宗太には思えた。

日没《にちぼつ》までの時間はあと少しだ。

夕日が沈んでいくに連れて、息苦《いきぐる》しさを宗太は感じた。いくら呼吸をしても、一向《いっこう》に改善されない。すぐ隣《となり》にいるひなたの顔にも緊張《きんちょう》が見て取れた。ただし、怖がっているのとはどこか違うように思えた。

「何か言いたいことがあれば、今のうちに聞くぞ？」

「えと……それではお言葉に甘えて。宗太さんは、千歳《ちとせ》ちゃんが心配ですよね」

「な、なんだよ急に」

心拍数《しんぱくすう》が上がるのを実感した。だが、宗太以上に、ひなたは自分のことで手一杯《ていっぱい》になっているようで、動揺《どうよう》を悟《さと》られることはなかった。

「わ、わたし、何だかおかしいんです」

それは今に始まったことではないという言葉を宗太は心の中で呟《つぶや》いた。

「どの辺りがどうおかしいんだ？」

「千歳ちゃんのことはわたしも心配です。宗太さんと同じ気持ちだと思います。でも、なぜだか、宗太さんが千歳ちゃんの心配をしているのがわかるとこの辺りがちくりとするんです」

ひなたは自分の胸の上で両手を重ねていた。

「わたし、よくない病気か何かでしょうか？」

「あ、いや……それは……」

「昨日《きのう》の夜からずっと治らないんです。もしこのままだったら……」

心当たりがないわけではない。たぶん、自分の頭に浮かんだ二文字であっている。けど、それをひなたに伝えるわけにもいかず、宗太《そうた》は押し黙るしかなかった。

ひなたはまだ真剣に悩んでいる。本当に不安そうな顔だ。

宗太が何か適当な返答はないかと考えていると、ひなたがわずかにあごを上げた。

「どうした？」

「足音……階段の方から聞こえます」

耳を澄《す》ましても、宗太にはまだ聞こえない。目が見えない分、ひなたは音を感じることに長《た》けているのだろう。

瑞希《みずき》と三好沙織《みよしさおり》に身振《みぶ》りで合図を送った。

果たしてやってくるのは誰か。

階段を一歩ずつ上がる足音が、宗太の耳にも聞こえた。ひなたが体を固くする。

沈黙《ちんもく》が重く圧《の》しかかってきた。口が渇《かわ》いて、体がそわそわと落ち着きをなくす。

不快感に苛《さいな》まれながらも、永遠とも思える時間をただ待つしかなかった。

ひなたが両手を合わせて祈るようにしている。その手に、宗太は手を重ねた。見ただけではわからなかったが、触ってすぐに震えているのを感じた。

「宗太さん」

「大丈夫《だいじょうぶ》だ」

根拠《こんきょ》は何もない。それでもひなたが少しでも楽になるならそれでいいと思った。

わずかに聞こえていただけだった足音が、はっきりと建物の中に響《ひび》いた。

心臓《しんぞう》が見えない力に押し潰《つぶ》されていく。それに伴い、宗太の手に力がこもった。

階段を上がっていた足音が止まった。この階で立ち止まったのだ。やってきた人物の呼吸が乱れている。時折《ときおり》、唾《つば》を飲み込みながら、呼吸を整えている。

三好沙織が無意識に後ろに下がった。

柱の陰から、宗太は階段通路《つうろ》の方を見た。やってきた人物の足元だけが見えた。靴《くつ》は学生らしきローファーだ。細い足首が続けて姿をあらわす。ズボンじゃない。スカートだ。

痛いくらいに心臓が脈打《みゃくう》っていた。

この段階で、明人《あきと》の可能性は消えた。あとは京《きょう》か、千歳《ちとせ》か……。

(誰だ。そこにいるのは、誰なんだ)

叫びたい気持ちを宗太は奥歯《おくば》を嚙《か》み締めて我慢《がまん》した。

「あ、あなたが執行人《しっこうにん》なの?」

その声は、三好沙織《みよしさおり》のものだ。彼女の位置からは、顔が見えているのかもしれない。

執行人《しっこうにん》からの返答はない。

「こ、こないで！」

三好沙織がヒステリックな声を上げて後退《あとずさ》りをする。完全に腰が抜けていた。

「た、助けて、早く！」

さらに執行人が一歩を踏み出す。

暗がりから完全に体が出てきた。

宗太《そうた》の視界《しかい》に、執行人の顔が映し出された。

体が小刻《こきざ》みに震え始める。目は見開いたまま、まばたきをするのも忘れていた。心臓《しんぞう》が激しく高鳴り、呼吸が苦しくなっていく。

一番あってほしくない状況が目の前にはあった。

「……千歳《ちとせ》ちゃん」

うわごとのように、ひなたが言った。宗太のアルテミスコードで同じものを見ているのだ。

宗太と同じように、緊張《きんちょう》で体を強張《こわば》らせていた。

やってきたのは、里見《さとみ》千歳だった。

冷静さをすぐに取り戻せそうにない。そのとき、携帯がぶるぶると震えた。連絡をよこしたのは瑞希《みずき》だった。

それで遠のいていく意識を繋《つな》ぎとめることができた。

この結果も想定《そうてい》していたはずだった。宗太は心の中で、しっかりしろと、自分に檄《げき》を飛ばした。

今、するべきは現実から逃げることではない。殺人犯《はん》の執行人を捕まえることだ。

瑞希を見ると、飛び出す合図のカウントダウンをしていた。

それに合わせて、タイミングを取るように、宗太も首を振る。

「ひなた。いけるか？」

耳元で囁《ささや》くと、ひなたは小さく頷《うなず》いた。手はずっと握ったままだ。

作戦通り、先に瑞希が動いた。

「そこまでだ！　里見千歳！」

突然、真横《まよこ》から飛び出してきた瑞希に千歳が驚いて身を縮める。

「な、なに……どうして、柿崎《かきざき》さんがいるの」

千歳が瑞希に向き直る。宗太たちからは、千歳の背中が見えている。

「お前が執行人だな」

「何を言ってるの？」

怯《おび》えを含んだ反応だった。事実を突きつけられた人間の態度によく似ている。

「しらばっくれても無駄《むだ》だ」

瑞希《みずき》が一歩前に出ると、千歳《ちとせ》は半歩下《さ》がった。

それを合図に、宗太《そうた》はひなたの手を引いて駆け出した。

物音に驚いた千歳が咄嗟《とっさ》に振り向く。宗太と千歳の視線が絡んだ。

「真田《さなだ》君……」

千歳の小さな唇《くちびる》がそう言ったときには、ひなたのアルテミスコードが発動していた。

「きゃあぁっ！」

まるでトラックに撥《は》ね飛ばされたように、千歳の体が宙を浮き、次の瞬間《しゅんかん》には横にあった柱に叩《たた》きつけられた。はずみで眼鏡《めがね》が床に落ちて、乾いた音を鳴らした。

そのまま、張りつけにされたみたいに動けなくなる。

「なに……これ、どういうこと？」

「里見《さとみ》……」

「真田君、冗談《じょうだん》きついよ」

なんとか脱出しようと千歳が体をよじってもがく。だが、見えない力による拘束《こうそく》は解けなかった。

「……頼むから、抵抗しないでくれ」

「抵抗って……それに、真田君も、ひなたちゃんも、ムーンチャイルド？」

「お前もそうだろ、里見」

瑞希がブレザーの内ポケットから手錠《てじょう》を取り出す。

それをじっと宗太が見つめた。意図を汲《く》み取ってくれた瑞希は、手錠を宗太に投げてよこした。

「やめてよ。私が何したの？」

か細い声で、千歳がもらす。

「詳しい事情は、警察で聞くから」

こみ上げる感情を抑えながら、宗太は千歳に近づいた。

「やめて！　こないで！　酷《ひど》いよこんなの！」

一歩ずつ重くなる足を、宗太は身を千切《ちぎ》るような想いで進めた。足元に落ちた眼鏡を拾い上げ、千歳のブレザーのポケットに入れた。

「ごめん……里見……」

怯《おび》える千歳の耳元で、小さく囁《ささや》いた。

それから千歳に手錠をはめた。

「真田君……？」

金属の合わさる乾いた音が、事件の終わりを告げた。

誰も、喜びの声は上げなかった。

2

「ったく、こんな無茶《むちゃ》、二度とするんじゃないよ」

執行人《しっこうにん》確保の連絡を入れると、黒田《くろだ》は巴《ともえ》を伴って、二十分後には現場にやってきた。そして、開口《かいこう》一番に簡単な説教《せっきょう》をたれると、宗太《そうた》の頭にだけ拳骨《げんこつ》を落した。

「どうして、僕だけ」

「男だから」

さらっと言いのけてから、ひなたと瑞希《みずき》には、念を押すようにもう一度同《おな》じことを言っていた。

オフィスビルから出ると、千歳《ちとせ》は何も言わなかった。うなだれたように俯《うつむ》いている。それが宗太の胸を締めつけた。手首にはめられた手錠《てじょう》を見ると、余計《よけい》に切なくなる。

その千歳は、巴に促《うなが》されて車に乗せられていた。

「課長、こちらはもう戻れます」

「お前たちはどうする?」

「……僕は自分で戻ります」

何とか笑おうとしたけど、宗太は失敗した。少し歩きたい気分だった。

宗太が残ると言うと、ひなたと瑞希も歩いて戻ると言った。付き合ってくれるつもりなのだろう。

「わかった。ま、途中《とちゅう》で京《みやこ》を合流させるし、こっちは問題ないだろう」

面倒《めんどう》くさそうな態度で、黒田は宗太の前に立った。それから煙草《たばこ》くさい手を、宗太の頭の上に置いて、がしがしとゆすった。

「ちょっ、なにするんですか！」

「なんだよ。空《から》元気くらい出せるなら、もうちょいいい顔してろ」

黒田の目はひなたに向けられていた。その意味を察して、宗太は頷《うなず》いた。自分だけが辛《つら》いわけではない。

「んじゃ、俺たちは戻るぞ」

背中を向けたまま、ひらひらと手を振って、黒田は車に戻った。

後部《こうぶ》座席には大人《おとな》しく従った千歳が乗っている。その隣《となり》には、自首《じしゅ》をした三好沙織《みよしさおり》の姿もあった。

巴の運転する車は走り出すと、すぐに見えなくなった。

それでも、しばらく宗太たちはテールライトの光を見送っていた。

「真田《さなだ》」

肩に置かれた瑞希の手が温かかった。

「大丈夫《だいじょうぶ》だ」

そう言えば、本当に大丈夫になれると信じたかった。

「五月って言っても、夜は冷えるな」

制服のポケットに両手を突っ込んだ。

ここには宗太《そうた》とひなた、それから瑞希《みずき》しかいない。静けさで満たされていた。

そこに、ぶるぶると携帯が震える音がした。

「誰か、鳴ってるぞ」

「ん、私だ」

宗太から離れて、瑞希は携帯を取り出した。ディスプレイを確認した瞬間《しゅんかん》、瑞希の動きがぴたりと止まった。

背中を向けた瑞希の後ろで、宗太はポケットから手を出した。その手には携帯が握られている。

かけた相手の名前がディスプレイには表示《ひょうじ》されていた。

「電話、出ないのか？」

「いつだ」

宗太は携帯を耳に持っていく。何度目かわからないコールが鳴っていた。

「出ろよ、電話に」

「いつ気づいた？」

勢いよく振り向いた瑞希の目が、宗太に突き刺さる。

瑞希の手にした携帯のディスプレイには、真田《さなだ》宗太と刻まれていた。そして、宗太の持つ携帯には、高坂由佳里《こうさかゆかり》と記されている。

「気づいたのは僕じゃない」

「なんだと？」

「動物園で会ったときです」

ひなたが答えたことが意外《いがい》だったのか、瑞希は過剰《かじょう》に反応した。

「なぜだっ！」

「走るときの足音でわかりました」

何を言われたのか理解できなかったのか、瑞希は眉《まゆ》を顰《ひそ》めた。それから、顔の力を少しずつ抜き、最後には空気が抜けるような笑い声を上げた。

「そんなことで……」

口調《くちょう》は乾き切っている。

「それに、動物園だと……なるほど、そういうことか。全部茶番《ちゃばん》だったわけか、真田！」

鋭い視線が宗太に注《そそ》がれた。それにも宗太は動じなかった。

「全部、私をはめるための罠《わな》か。キョウ先輩《せんぱい》や中条《なかじょう》、それに里見《さとみ》に嫌疑《けんぎ》をかけたのも！」

閑散《かんさん》としたオフィスビルの隙間《すきま》に、憎悪《ぞうお》を含んだ声が響《ひび》いた。その鋭い感情を向けられた宗《そう》太《た》は、ただ寂《さび》しそうな顔をした。

「動物園のときと同じだよ。捜査《そうさ》を撹乱《かくらん》するために、執行人《しっこうにん》は容疑《ようぎ》者を利用すると思った。捜査の目を自分から遠ざけるためにな」

「そうやって他に容疑者を立てて、私を油断《ゆだん》させる作戦だったのか」

「半分は正解だ。けど、もう半分は違う。事実、嫌疑《けんぎ》をかけられた三人には、潔白《けっぱく》と言い切れない部分が実際にあった。それに、共犯者《きょうはん》の可能性もあったからな。だからこそ、お前も騙《だま》されてくれたんだろ？」

「敵を騙すにはまず味方からというわけだ。たいした役者だな、真田《さなだ》」

「こんなことを誉《ほ》められても嬉《うれ》しくはないな。ずるいやつって言われてるのと同じだよ」

宗太の口元だけの笑《え》みには自嘲《じちょう》の思いが含まれていた。

「これでひとつの疑問に答えが出たよ」

「疑問？」

「どうして真田のような貧弱《ひんじゃく》なアルテミスコードしか持たない男が、特課《とっか》にいるのか不思議《ふしぎ》で仕方がなかった。明らかに戦力外《がい》だ。頭脳《ずのう》労働をしていたわけか」

「買いかぶるなよ。僕が特課にいられるのは、黒田《くろだ》さんの酔狂《すいきょう》のおかげだ」

それは本心《ほんしん》からの言葉だった。

「謙遜《けんそん》はよせ。私もキョウ先輩《せんぱい》のバックアップで多くの事件には関わっている。その中に、どうやって犯人を特定したのかわからない事件がいくつかあった」

じっと瑞希《みずき》が宗太を見つめていた。

「その答えがお前だろ。キョウ先輩がかわいがるのも頷《うなず》ける」

「そんな大層《たいそう》なものじゃない。僕はただ気づいたことを元に、子供だましの提案をしたまでだ。相手がムーンチャイルドなら、子供だましもなかなかに有効だからな」

「今回のようにか」

黙って宗太は頷いた。沈痛《ちんつう》な面持《おもも》ちだった。

「私はお前の手《て》の平《ひら》の上で、踊らされていたわけだ」

「そうでもない。本当ならこんな真似《まね》はしたくなかった。けど、お前の身辺《しんぺん》を調べても、犯行の証拠《しょうこ》が何も出てこなくて、最後の手段に出るはめになった」

「これを探していたわけか」

瑞希はとっくに鳴り止んだ高坂由佳里《こうさかゆかり》の携帯を出した。それに宗太が首肯《しゅこう》する。犯人が持ち去った携帯だけが、犯行の証拠《しょうこ》だった。

「それに、里見《さとみ》のことは予想外《がい》だったよ。僕に気を遣《つか》って、別の真犯人《しん》をでっち上げてくれることを期待していたのにな。おかげで、知られたらまずいことを色々と知られた。酷《ひど》いこともしたし。完璧《かんぺき》に嫌われた。絶望的だよ」

「いい気味だ」

吐き捨てるように瑞希《みずき》は笑った。それは友人を馬鹿にするような雰囲気《ふんいき》だった。

「柿崎《かきざき》……いや、執行人《しっこうにん》と呼んだ方がいいのか？　素直に自首《じしゅ》してくれるとありがたいんだけどな」

「すると思うか？」

「それはないだろうな」

「言い切るんだな」

口を動かしながら、瑞希がアルテミスコードを発動させる。土星《どせい》の輪みたいに、リング状になった文字式《しき》が、瑞希の両手を包み込む。複数の輪が縦《たて》に回転を始めると、アルテミスコードは球体《きゅうたい》にも見えた。

宗太《そうた》の隣《となり》ではひなたの体から無限の文字式が垂れ流しにされていく。それに終わりはない。

構わずに、ひなたが瑞希に向かって走った。視界《しかい》はすでに宗太の能力で補ってある。

「無駄《むだ》な抵抗はしないでください！」

「弱点の見えているムーンチャイルドなど脅威《きょうい》には値しないことを教えてやる！」

接近するひなたではなく、瑞希の目は宗太を捉《とら》えてきた。

冷たいビル風が、宗太の背筋《せすじ》を凍らせた。危機を感じて、即座《そくざ》に飛び退《の》いた。次の瞬間《しゅんかん》、宗太がいた場所に、氷の槍《やり》が三本降り注《そそ》ぎ、アスファルトを貫《つらぬ》く。

そのせいで、宗太はひなたと瑞希を視界から一瞬《いっしゅん》外してしまった。

標的《ひょうてき》を見失ったひなたが立ち止まる。

「悪い、ひなた！」

声をかけながらも、宗太の目は何かを探すように地面に向けられた。落とし物はすぐに見つかった。三本の氷の槍の隙間《すきま》に、逃げる際に落とした携帯があった。

咄嗟《とっさ》に駆け寄ると、頭上を影が覆《おお》った。危険を察知《さっち》して、即座に後ろに跳ねた。宗太が着地すると同時に、三本の氷の槍を押し潰《つぶ》すように、車サイズの氷の塊《かたまり》が落下してきた。携帯は完膚《かんぶ》なきまでに潰された。

「くそっ……せっかく聞き出した里見《さとみ》のアドレスが」

「つまらない演技はやめろ。これで応援を呼べなくなったのだろう」

ひなたを警戒《けいかい》して、瑞希は大きく後ろに下がっている。

「今の反応で確信したよ。お前、黒田《くろだ》さんすら欺《あざむ》いているだろ」

宗太は何も言わずに下唇《したくちびる》を噛《か》み締めた。

「つまり、私が執行人だと知ってるのは、お前たちふたりだけというわけだ」

「ご名答《めいとう》」

作戦を確実にするためには黒田にも言うわけにはいかなかった。執行人が警察の動きを感知《かんち》しているのは、動物園での一件ではっきりした。誰が味方《みかた》で敵かがわからない以上、宗太とひなただけでやるしかなかったのだ。

「なら、わたしたちも殺しますか?」

瑞希《みずき》がアルテミスコードを発動させる。再び、空から氷の槍《やり》が落ちてきた。それはひなたを狙《ねら》ったものだった。

「逃げろ、ひなた!」

ひなたは動かない。じっと立ったままだ。無数の槍がひなたを貫《つらぬ》く。大量の落下物《らっかぶつ》がアスファルトを砕き、埃《ほこり》を巻き上げる。しばらく視界《しかい》が塞《ふさ》がれた。

「ひなた!」

ビル風が吹き抜け、一瞬《いっしゅん》で視界が晴れた。目の前には氷の剣山《けんざん》ができていた。半径《はんけい》にして五メートルはある。中心にはひなたがいた。ひなたの周囲だけは氷の槍が突き刺さっていない。いや、ひなたの頭上で、見えない何かに打ち付けられたように不自然に止まっている。

「力の範囲《はんい》は半径二メートル程度か。典型的《てんけいてき》なショートレンジで間違いなさそうだな。近づかれなければ、危険はない」

「そうでもありませんよ」

それを合図に、宙に止まっていた氷柱《つらら》の矛先《ほこさき》が瑞希の方を向いた。そして、次の瞬間《しゅんかん》、弾丸《だんがん》のように撃《う》ち出される。

「無駄《むだ》だ」

瑞希が鼻で笑い飛ばすと、氷の槍は体に届く前に水蒸気《すいじょうき》となって散った。

「もし、真田《さなだ》の力なしで、お前が戦えたら、私に勝ち目はなかっただろうな」

空にかざした手を、瑞希が振り下ろす。その目が一瞬、宗太《そうた》とぶつかった。背中を凍りつかせた悪寒《おかん》が、宗太に危険を知らせた。

「宗太さん！」

頭上を見上げれば、無数の槍の矛先が、宗太を狙っていた。考えるよりも先に体が動いた。小さく丸まって地面に転がる。太ももに鋭い痛みが走った。

確認すると小さな氷が突き刺さっていた。それだけで済んだのが奇跡《きせき》だった。

顔を上げて気がついた。自分の周囲だけ、突き刺さった氷の槍が少ない。周囲を見れば、途中《とちゅう》で砕かれた氷の槍が散らばっている。先ほど瑞希を攻撃した要領《ようりょう》で、ひなたが槍を飛ばして、軌道《きどう》を変えてくれたのだと理解した。

痛む足を引きずって立ち上がると、宗太はひなたに駆け寄った。このままではなぶり殺しになる。

今の攻撃の隙《すき》に、瑞希は建物の陰にでも隠《かく》れたらしく、姿が見えなくなっていた。完璧《かんぺき》に、瑞希の間合《まあ》いでの勝負になっている。

ひなたの能力の射程《しゃてい》内に瑞希を捉《とら》えなければ、宗太たちに勝ち目はない。

「外はこっちが不利だ。建物の中に逃げ込むぞ」

ひなたの耳元でそう囁《ささや》くと、手を取って隣《となり》のオフィスビルに身を隠《かく》した。

じくじくと足が痛む。

「怪我《けが》したんですか？」

「たいしたことない」

走るときに少し痛むのと、違和感《いわかん》がある程度だ。致命傷《ちめいしょう》ではない。だが、それでも、無意識に宗太《そうた》の呼吸は荒くなっていた。

柱の陰に身を潜《ひそ》める。太ももに刺さった氷柱《こおりばしら》を抜き、ハンカチで足をきつく縛《しば》った。痛みにうめき声がもれる。ひなたが心配そうに、手首を握ってきた。痛みに強張《こわば》った体が、少し和《やわ》らぐのを宗太は実感した。

「悪い。僕が足手《あしで》まといになってるな」

「そんなことないです」

本来、ひなたの目の都合《つごう》を考えれば、なるべく広い場所で戦った方が都合がいい。これは瑞《みず》希《き》の思惑《おもわく》通りに追い詰められている証拠《しょうこ》だった。

コンクリートが剝《む》き出しのままの一階フロアは静寂《せいじゃく》に包まれている。

先にひなたが立ち上がった。

「ひなた？」

何をするのかと思えば、制服のタイを解いている。それを口にくわえると、長い髪《かみ》をまとめ始めた。

「宗太さんの視界《しかい》をふさぐとよくないので」

そこまで考えているひなたに宗太は素直に感心した。

「貸してみ、やってやるから」

タイをリボンの代わりにして、宗太はひなたの銀色の髪を、侍《さむらい》のように頭の高い位置で結《ゆ》い上げた。

「よし、完成」

なんだか普段のひなたよりもずっと凛々《りり》しく見える。

「宗太さんは少し後ろにいてください。その方がわたしも見やすいので」

「わかった」

確かな足取りで、ひなたが薄闇《うすやみ》の中を進んでいく。突如《とつじょ》、コインが地面に落ちる音がした。

宗太とひなたは無意識に音がした方に意識を取られた。目を凝《こ》らすと、十円玉が数枚、地面に転がっていた。それが突如、どろどろに溶けて燃え上がった。

その瞬間《しゅんかん》、宗太は背後に人の気配《けはい》を感じた。

振り向くと、薄紫色《うすむらさきいろ》の閃光《せんこう》が見えた。何だかわからない。ただ、触れるのはまずいと思った。肩越《かたご》しに後方を確認する。燃え上がった十円玉がまきびしのように逃げ道を塞《ふさ》いでいた。

咄嗟《とっさ》の判断で宗太は前方に転がった。何か電気のようなものがすれ違い様《ざま》に肩を掠《かす》めた。焼けるような熱さと共に、激痛《げきつう》が走った。

焦《こ》げ臭いにおいが鼻につく。

床に膝《ひざ》をついて顔を上げると、とんでもないものが目に映った。宗太《そうた》の背後にあったコンクリートの柱が、斜めにずれ落ちていく。柱の直径は大人《おとな》ふたりが手を繋《つな》いでようやく届くほどに大きい。

それがいとも簡単に切断《せつだん》されたのだ。柱の隣《となり》に立つ、瑞希《みずき》が手にした光の剣によって。先ほどまでは両手を包み込むように展開していたアルテミスコードが、今は棒状《ぼうじょう》になっていた。

肩口《かたぐち》を確認すると、火傷《やけど》のような症状《しょうじょう》が見られる。出血してないのが救いだった。

「なんの冗談《じょうだん》だよ、それは！」

瑞希は前傾姿勢《ぜんけいしせい》になり、肩で呼吸を繰り返していた。

即座《そくざ》にひなたが距離を詰めようとする。だが、それよりも先に瑞希は光の剣を消すと、暗闇《くらやみ》の中に消えて行った。

気配《けはい》が遠ざかっていくのを確かめてから、ひなたは警戒《けいかい》した足取りで、宗太に駆け寄ってきた。

何をされたのかがいまいちよくわからない。そのせいで不安は大きかった。触れただけで人を死に至らしめるようなアルテミスコードもある。

「……どうなってんだ。柿崎《かきざき》のアルテミスコードは。気体、液体、固体の状態変化《へんか》じゃなかったのかよ」

氷の槍《やり》は納得《なっとく》できる。大気《たいき》中の水分を上空で凍らせて重力に任せて降らせたのだろう。それに十円玉を燃やしたのも理屈《りくつ》は通る。金属を液化《えきか》するには、それだけの高温が必要だ。

今、思えば、動物園で地面を吹き飛ばしたのも、この金属の状態変化を利用したものだと推《すい》測《そく》できる。ガス管の銅を溶かして引火《いんか》させ、地面の中で爆発させたのだ。

だが、どう考えても、光の剣だけは納得できない。

ふたりだけで作戦を実行に移したのは、瑞希のアルテミスコードの能力を考慮《こうりょ》してのことだ。ミスさえしなければ、間違いは起こらないと踏んでいた。その思惑《おもわく》が崩れ去ったのだ。

宗太は切断されたコンクリートの柱に目を向けた。見事な切り口だった。直撃《ちょくげき》を受ければ、人間の体など紙のように切断されるだろう。

「あれを使って、生首《なまくび》を作ったわけか」

すると今度は地響《じひび》きがした。

上を見ると、先ほど見た光の剣の先端《せんたん》が天井《てんじょう》から覗《のぞ》いていた。その剣先《けんさき》が弧《こ》を描き、やがて円になった。宗太のいる場所を中心に、直径にして十メートルはある。地鳴《じな》りを上げながら、天井が落下を始める。

「正気かよ！」

完全に逃げ場をなくした宗太は、落下地点《ちてん》からとにかく逃げ出した。天井が頭上から迫ってくる。確実に押し潰《つぶ》される。手で支えられるものではない。

「くそっ！」

悪態《あくたい》をつきながら、落下の瞬間《しゅんかん》に身を縮めた。床に倒れ込む。死がすぐそこにはあった。

だが、一秒待っても、痛みは訪れない。二秒待っても、死は訪れなかった。

ぱらぱらと瓦礫《がれき》のこぼれると音がした。顔を上げると、ひなたが天井《てんじょう》に両手をかざして、落下してきたコンクリートの塊《かたまり》を受け止めていた。そして、いとも簡単に、落ちてきた天井を横に放り投げた。

地面に落ちると、怪獣《かいじゅう》の鳴き声のような音が響《ひび》き渡る。

はあと息を吐き、宗太《そうた》はごくりと唾《つば》を飲み込んだ。犯人逮捕《たいほ》の最前線《さいぜんせん》がどれほど危険かを、身を持って味わった。

京《みやこ》は普段からこんなことをやっているのかと思うと、尊敬《そんけい》の念すら抱きたくなる。

同時に、初めてなのにきちんと対応するひなたにも感謝した。

「助かったよ、ひなた」

「宗太さんは絶対にわたしが守りますから」

呼吸を整えたあとで、瑞希《みずき》を追って、宗太とひなたは二階に上がった。

3

無人《むじん》だった、二階、三階を調べ終わると、さらに上の階を目指した。

静寂《せいじゃく》が四階のフロアを凍りつかせている。

宗太とひなたの足音だけが、やけに大きく響《ひび》いた。

日はすっかりと沈み、わずかばかりの月の光が、空《から》っぽの窓枠《まどわく》から差し込んでいた。

壁に沿って身を隠《かく》す。施工業者《せこうぎょうしゃ》の工具箱《こうぐばこ》をフロアの隅《すみ》っこで見つけた。

「なあ、柿崎《かきざき》！」

使えるものがないかと施工機材《きざい》の箱を漁《あさ》りながら、宗太は呼びかけた。返事があるとは思えない。それでも、どうしても聞いておきたいことがあった。

「いるんだろ？　柿崎！」

一階から最上階まで続く吹き抜けがあるせいで、宗太の声はビル全体に届いているはずだった。

「話すことはないはずだ。まだ自首《じしゅ》しろとでも言うつもりか？」

耳を澄《す》ませて位置を特定しようとしたが無駄《むだ》だった。声が反響《はんきょう》して場所の特定ができない。

それはひなたの耳でも同じだったようで首を小さく左右に振っていた。

「もう少し、時間をください」

宗太《そうた》が力強く頷《うなず》く。

機材《きざい》置き場で懐中《かいちゅう》電灯を見つけた。明かりが漏れないように制服の上着の中に隠《かく》して、使えるかどうかスイッチを入れてみる。制服の中で明かりが灯《とも》った。

その間も、口を動かすことを宗太は忘れなかった。

「共犯者《きょうはんしゃ》は誰だ？」

「何のことだ？」

「とぼけるなよ。未《み》解決の殺人事件の犯人をどうやって誰の能力で割り出した？」

地道《じみち》にひとりで調べて、すべての殺人犯《はん》の居《い》場所を突き止められるものではない。瑞希《みずき》ひとりに劣るほど、警察も無能ではないのだ。

「そんなこと取り調べで吐かせればいいだろう」

「そうかい。つまらないことを聞いたな」

「話はそれで終わりか」

「いや、まだある。お前、何でこんなことしたんだよ？」

純粋《じゅんすい》な疑問を、宗太はぶつけた。何事にも理由はある。遊び半分であったとしても、それが立派《りっぱ》な理由なのだ。

「おかしなことを聞くやつだな」

「別におかしくはない。動機《どうき》を知るのは重要な要素だ」

「確かに、それはそうだが、今《いま》聞くことではないだろう」

広く響《ひび》き渡る声のせいで、ビルと話をしているような錯覚《さっかく》があった。声が壁という壁から伝わってくる。

「逆に聞くが、お前はなぜ何もせずにいられる」

「……何のことだよ」

「こう思ったことはないか？　なぜ、ムーンチャイルドというだけで、世間から隠れるようにこそこそしていなければならないのかと」

宗太は黙ってひなたの手を握った。なんとなく瑞希の言おうとしていることに想像がついた。それが不安として襲《おそ》いかかってくる。

「宗太さん？」

心配そうな声でひなたが言った。

「大丈夫《だいじょうぶ》……僕は大丈夫だ」

自分に言い聞かせるような声だった。

「答えろ、真田《さなだ》！」

「……あるさ。今の世の中、ムーンチャイルドっていうだけで、白い目で見られる」

何か悪いことをしたわけでもない。罪を犯したわけでもない。好き好んでアルテミスコードを体内に宿したわけでもないのに。まるで犯罪者のように怯《おび》えている瞬間《しゅんかん》が確かにある。

それはあまりに理不尽《りふじん》なことだった。

「だが、それと犯罪者殺《ごろ》しがどう繋《つな》がる！」

「わかっていることを聞くのが、お前の趣味《しゅみ》なのか、真田《さなだ》」

「わかるわけないだろ！　世の中を変えるために、人を殺すようなやり方を、理解できるわけないだろ！」

「やっぱり、わかっているんじゃないか」

穏《おだ》やかな声音《こわね》だった。まるで仲間を迎えるような温かさすらある。

「『アルテミスコードは危険だ』、『ムーンチャイルドは人間じゃない』、こういった価値観《かちかん》を改めない限り、私たちの生きるこの世界は永遠にこのままだ。誰かが変えなければならない。変えようとしなければばならない。それをお前は罪だと言うのか」

「お前の言ってることは立派《りっぱ》だよ。すごいって思うよ。僕は変わらない毎日に気づいていながら、惰性《だせい》で毎日を過ごしてた。現実への不満は口にしても何の行動も起こさないでいた。それを仕方ないって思ってた。変えられるはずがないって、諦《あきら》めてたよ。けどな、やり方が気に食わないんだよ！」

感情のままに一気にまくし立てる。荒れた息を、間を置いて整えた。

「ムーンチャイルドのことを考えてくれている人だっている。黒田《くろだ》さんが公安特課《こうあんとっか》を作ったのだってそのためだ。アルテミスコードの正しい使い方を、少しずつだけど世の中に広めようとしているんだぞ」

「その活動が実を結ぶのはいつだ？　五年後か、それとも十年後か？　五十年後か？　この国はアルテミスコードの使用を、法で禁じているんだぞ！　私たちは否定されているんだ！」

「それは……」

「真《ま》っ当《とう》なやり方で仕組みを変えようとしても無理だ。それでは遅いんだよ！　遅すぎるんだ！　今《いま》苦しんでいる者はどうなる？　私たちは未来のために我慢《がまん》するだけの礎《いしずえ》だというのか⁉」

瑞希《みずき》の正論に宗太《そうた》は返す言葉がなかった。

「真田《さなだ》。お前の一般論では話にならない」

噛《か》み締めた歯が嫌な音を鳴らした。

「人を殺《あや》めた者がのうのうと世にはびこり、人を救った者が迫害《はくがい》される。正直者が馬鹿を見る世界がまともなはずがないだろう？　私はもうたくさんだ！　こんな歪《ゆが》んだ社会に生きるのは！」

「……そんな悲しいこと言うなよ」

搾《しぼ》り出すように、宗太はなんとか口に出した。瑞希が抱えていた闇《やみ》と純粋《じゅんすい》さを理解した今だからこそ、言わなければならない言葉があるような気がした。

隣《となり》では全《ぜん》神経を聴覚《ちょうかく》に集中させているひなたがいる。

「十四年前に世界は生まれ変わった。人とアルテミスコードの出会いによって。なのに、人は、社会は、まだそのことに気づかないふりをしている。もう、現実に目を背けるのはおしまいだ。世界がこれ以上狂《くる》ってしまう前に、私が目を覚まさせてやる」

瑞希《みずき》の声からは感情が消えていた。

それが宗太《そうた》に次なる言葉の切っ掛けを与えた。

「最初、お前を見たときな、変なやつだって思ったよ」

「何を唐突《とうとつ》に」

「だってそうだろ？　運動部員全開《ぜんかい》のなりして、新聞広《ひろ》げて読んでるんだからな」

「ほっといてくれ」

「けど、ああ、こいつも僕と同じなんだってあのとき思った。お前が、中条《なかじょう》のこと話してくれたときに」

なんとなく気配《けはい》は感じることができたが、瑞希の返事はなかった。

「照れてるお前を見て、かわいいとも思ったよ」

「似合《にあ》わない台詞《せりふ》だな」

「……僕もそう思う。言ってて変な汗《あせ》かいてきた。けど、本心だ」

「お前は何を言いたいんだ」

「こんなくそみたいな世界にも、ましなものがあるってことだよ。言わせるな、こんなかっこ悪い台詞」

瑞希の忍《しの》び笑いがビル全体に広がっていく。

「笑うな！」

「真田《さなだ》はいいやつだ。だが、下らない時間稼《かせ》ぎに付き合うのもここまでだ」

剣先《けんさき》を突きつけるような瑞希の言葉に、宗太は口を噤《つぐ》んだ。

「それは残念だな。結構《けっこう》、楽しいおしゃべりだったのに」

「柄《がら》にも無いことを言うな。行くぞ」

危険を感じて宗太はひなたの手を取って駆け出した。それから柱の陰に身を潜《ひそ》める。

「ひなた」

「正確な位置までは、でも、たぶん真上《まうえ》から来ます」

「わかった」

頷《うなず》きながら宗太は遠くに聞こえないように、ひなたの耳元で囁《ささや》いた。

「僕に考えがある」

作戦を伝達すると、ひなたは首を左右に激しく振った。その顔は危険だと訴えかけてきている。

「大丈夫《だいじょうぶ》だ。恐らくさっきの光の剣はショートレンジでしか使えない。距離さえ間違えなければいける」

もし、あの光の剣をミドルレンジにも発動できるなら、氷の槍《やり》など降らさずに最初からあれで攻撃してくればよかった。それをしてこなかったのはできないからだ。

アルテミスコードを棒状《ぼうじょう》に変形させていたことからも、その推測《すいそく》が成り立つ。手の届く範囲《はんい》にしか、光の剣は発生させられないのだろう。加えて、恐らく瑞希《みずき》の体力も相当奪《うば》うはずだ。運動部で体力も十分にある瑞希が、先ほど一階で接触した際には、肩で息をしていた。

それでも、ひなたはぎゅっと宗太《そうた》の袖《そで》を握ってきた。

「安心しろ。一度だけなら絶対に通用するから。だから、その一度を外さないでくれ」

力強く、宗太は懐中《かいちゅう》電灯を握り締めた。

「ふたりで事件を解決するんだろ？」

そして、今度こそ居《い》場所を確かなものにする。その意味を込めて、宗太はひなたの手を握り締めた。

「わかりました」

そのとき、天井《てんじょう》がこなごなに砕けて降り注《そそ》いできた。スプリンクラーの配管《はいかん》が破壊された影響《えいきょう》で、天井から水が溢《あふ》れ出してくる。一瞬《いっしゅん》にして、床は水浸《みずびた》しになった。

宗太は破片《はへん》を避けながら、転がるように走り抜けた。おかげで、ひなたとは完全に分断《ぶんだん》された。

ふたりの中央に、上の階から瓦礫《がれき》と一緒に降って来た瑞希が着地する。右手にだけ光の剣が握られていた。じっと見据《みす》えて、その正体がわかった。

「なるほど、物質の状態変化《へんか》。その四番目、プラズマってわけかよ」

瑞希の目が、宗太を捉《とら》えて離さない。

「それが人生《じんせい》最後の台詞《せりふ》とは冴《さ》えないな」

重心を落とすと、瑞希は弾丸《だんがん》のように地を蹴《け》って飛び出してきた。真《ま》っ直《す》ぐに宗太に向かってくる。ひなたがいるのはその瑞希のさらに奥だ。

一歩下《さ》がろうとして、宗太が足を上げようとする。だが、それが上手《うま》く行かない。足元を見ると、靴《くつ》と床が凍らされて繋《つな》がっている。バランスを崩した宗太が尻餅《しりもち》をついた。思わず瑞希の左手を見た。球状《きゅうじょう》のアルテミスコードがうごめいている。

もう目の前には、プラズマの剣を振り上げた瑞希がいた。誰も頼れる相手はいなかった。

「宗太さん！」

ひなたの悲鳴が遠くに聞こえた。その瞬間《しゅんかん》、宗太は手にした懐中電灯を掲げた。明かりを灯《とも》す。薄闇《うすやみ》の中に唐突《とうとつ》に眩《まぶ》しい光が放たれる。

「その程度の目くらましなど」

「いや、こいつは特別なんだよ！」

懐中電灯を、宗太は自分の目に向けていた。

カメラのフラッシュのように、宗太の目を光が焼いた。同時にアルテミスコードも発動させる。

すぐ目の前で苦悶《くもん》の声があがった。

何も見えない。誰かが駆け寄ってくる足音が聞こえる。聞いても誰だかなんてわからない。そんなことがわかるのはひなただけだ。

死の危険が目の前にありながら、関係のないことを考えている自分を宗太《そうた》は鼻で笑った。真《ま》っ白《しろ》に塗りつぶされた世界の向こう側で、何か重たいものが叩《たた》きつけられるような音がした。見えないことへの不安が徐々に募《つの》っていく。

こんな世界にひなたは生きているのだと思うと、鼻の奥が切なくなった。

すぐに音は聞こえなくなった。視界《しかい》はまだ戻らない。ただ、ゆっくりと近づいてくる足音があった。

そこに期待はない。見えないことへの恐怖だけが迫ってくる。こわくてこわくて仕方がなかった。気が狂いそうだ。助けを呼びたい。押し迫る暗闇《くらやみ》から宗太をすくい上げたのは、手に伝わってくるぬくもりだった。

誰かが手を握ってくれている。その体温、その安心感は記憶《きおく》にあった。

「ひなた……」

「はい、宗太さん」

光に焼かれた視界が元に戻っていく。

「お前の能力を、目くらましに使うとは思わなかった」

目の前には大の字になって倒れた瑞希《みずき》の姿があった。プラズマはもう消えている。アルテミスコードの発動も止まっていた。

ひなたの重　力《じゅうりょく》支配に捕まり、床に縛《しば》り付けられている。しゃべるのもつらそうな様子《ようす》だ。

「貧弱《ひんじゃく》な能力も使い方次第《しだい》ってことだよ」

「……真田《さなだ》を甘く見てたのが敗因《はいいん》か」

「一度だけのトリックプレーだけどな」

抵抗する意思《いし》があれば、宗太の転送《てんそう》する映像は相手に届かない。瑞希はひなたばかりを警戒《けいかい》していたから、絶対に成功すると宗太は踏んでいた。

「失敗すれば自分が死んでいたというのに、お前は馬鹿だ」

「誉《ほ》め言葉として受け取っておくよ」

もがくように瑞希が体をよじった。だが、ひなたの能力に抗《あらが》うことはできない。その苦しそうな姿に、ひなたが悲しそうな顔をする。

「ごめんなさい。瑞希ちゃん」

「ひなたが謝ることはない。なるべくしてなった結果だ」

「瑞希ちゃん」

「さすが、かぐや姫のひとりだ……」

呟《つぶや》くようにこぼれた声を宗太は聞き逃さなかった。

「かぐや姫？　何のことだ？」

「いずれ迎えが来る。そのときになればわかるだろう」

「迎えってなんだよ？　まさか月からってわけじゃないだろうな？」

そこで力なく笑うと、瑞希《みずき》は雄叫《おたけ》びを上げながら拘束《こうそく》を解こうともがき出した。

「や、やめてください。無理をすると」

骨が軋《きし》む音がする。重圧《じゅうあつ》に耐え切れずに、指がおかしな方向に曲がった。

「やめろ、柿崎《かきざき》！　大人《おとな》しく捕まってくれ！」

「裁判をしたところでどうせ死刑《しけい》は確実だ。余計《よけい》な手間《てま》は取らせない」

獣《けもの》のように瑞希が吼《ほ》えた。

ぼろぼろになりながらも体の正面まで、両手を持って行く。

「やめてください。瑞希ちゃん！」

「真田《さなだ》、カラスに気をつけろ」

「カラス？」

「事件の犯人は、カラスが運んできた。相手の顔は知らない」

苦悶《くもん》に歪《ゆが》んだ瑞希の瞳《ひとみ》が、宗太《そうた》をじっと見据《みす》えた。そこに嘘《うそ》はない。

そのとき、布でも広げるような音が背後でした。驚いて宗太が振り向く。窓枠《まどわく》の淵《ふち》に、翼《つばさ》を広げたカラスが止まっていた。その眼球には、アルテミスコードが見えた。

カラスが嘲《あざけ》り笑うように大口《おおぐち》を開けて鳴いた。直後、飛び立って行く。宗太は一歩も動けずにいた。ただ、窓枠を見ているしかできなかった。

「お別れだ」

穏《おだ》やかに瑞希が笑った。棒状《ぼうじょう》の文字式《しき》が瑞希の手と胸を結ぶ。

「やめろー！」

次の瞬間《しゅんかん》、一筋《ひとすじ》の光が吸い込まれるように瑞希の体を貫《つらぬ》いた。

「ひなた！」

名前を呼ばれただけで、ひなたは意図《いと》を理解してくれた。すぐにアルテミスコードの発動を止める。拘束《こうそく》を解かれた瑞希の体から、力が完全に抜けた。

胸に開いた穴から、だらだらと血が流れ出る。周囲は一瞬《いっしゅん》にして黒い海になった。

両膝《ひざ》を突いて、瑞希の顔を覗《のぞ》き込んだ。

脈を取るまでもない。即死《そくし》だった。

「なんでだよ……なんで死ぬんだよ！」

宗太は地面を殴《なぐ》りつけた。手の甲《こう》の皮が破けてひりひりとした。それでも構わずに殴り続けた。

「事件が解決したら、中条《なかじょう》に告白するんじゃなかったのかよ！」

どうにもならない感情が、宗太の中で暴れていた。

背中がぬくもりに包まれて、宗太は我に返った。

すすり泣く声が聞こえた。必死に声を殺している。それがたまらなくて、宗太《そうた》はひなたを正面から抱きしめた。

「泣いてもいいんだぞ」

「うう……」

ぽたぽたと涙が零《こぼ》れ落ちて、宗太の服を濡《ぬ》らした。

「声を出してもいいんだぞ」

「ううっ……瑞希《みずき》ちゃん……」

それでもひなたは最後まで声をあげることはなかった。

いつまでも泣き続けるふたりを、かけた月が窓から見ていた。

終章

執行人《しっこうにん》事件の解決から三週間が経過した。

先日、容疑者《ようぎしゃ》死亡で書類送検《そうけん》され、完全に決着したと黒田《くろだ》から聞いていた。

だが、執行人が残した社会への影響《えいきょう》は大きく、事件解決後《かいけつご》にも、執行人を名乗る殺人予告《よこく》の悪戯《いたずら》や、犯罪者をターゲットとしたムーンチャイルドの犯罪が各地で発生した。

その処理に、宗太《そうた》とひなたも借り出され、京《みやこ》に至っては朝も夜もないような生活を強いられていた。

共犯者《きょうはんしゃ》の手掛かりとして上がったカラスの件も調べを進めているが、目ぼしい情報は上がってきていない。

諸々《もろもろ》の案件が落ち着いた休日、京の提案で公安特課《こうあんとっか》のメンバーは、柿崎《かきざき》の墓参《はかまい》りに行くことになった。

宗太がひなたを連れてお寺の長い階段を上ると、すでに黒田に巴《ともえ》、それから京と明人《あきと》の姿があった。

「特課の予算増強《ぞうきょう》が認められたよ」

線香《せんこう》を立てながら、黒田は何気ない口調《くちょう》で墓石《はかいし》に言葉をかけた。それは瑞希に報告をしているようでもあった。

黒田が手を合わせるのと同時に、全員が目を瞑《つむ》った。

事件後、世の中は劇的《げきてき》には変わらなかった。日々の延長がここにはある。

だが、小さく変わったところもあった。賛否《さんぴ》両論ありながらもアルテミスコード犯罪の抑止に、アルテミスコードを利用してはどうかという意見が上がっている。メディアだけではなく、国会を巻き込んだ形でだ。

それが進行すれば、予算増強どころではなく、特課のような組織が当たり前のように発足《ほっそく》する日が来るかもしれない。今のような日陰《ひかげ》の組織ではなく、もっと日の当たる場所で。

同時に、執行人事件は、アルテミスコードに対する論争《ろんそう》を呼ぶ結果を生んだ。現在の、くさいものに蓋《ふた》をするという考えを否定する意見も聞こえてくる。

ほんの少しだけ、瑞希が願った世界に近づいたのは事実だった。

「最初から、全部を思い通りに変えられるなんて、きっと柿崎も思ってなかったと思います」

目を開けると、墓石に語りかけるように宗太は言った。

「それでも、どうにもならない現実に、あいつは革命を起こそうとした」

「すべてのムーンチャイルドのためにか？」

黒田が煙草《たばこ》に火をつける。

間をおかずに宗太は答えた。

「たぶん、中条《なかじょう》のために」

不意打《ふいう》ちにも思える宗太《そうた》の言葉にも、明人《あきと》は顔色を変えなかった。

だから宗太は気づいた。瑞希《みずき》の気持ちを知っていたんだと。

「中条《なかじょう》が笑って学校に行ければ、柿崎《かきざき》は満足だったと思う」

「そのために倒さなければならない相手が、今の社会だったってわけか」

空を仰いだ黒田《くろだ》の表情には、どこか虚《むな》しさがあった。

全員が納得《なっとく》するように小さく息を吐いた。

「考えすぎだよ」

それでも京《みやこ》が否定する。死んだ人間に引っ張られすぎないようにするために。

「それに、それを知ろうと思っても、もう遅すぎるわ」

巴《ともえ》が言葉を繋《つな》いだ。

ゆっくりと時間をかけて黒田が煙を吐き出した。それが青い空にゆらゆらと上がっていく。

生きていればこそ、お互いの理解も深まる。死者と対話《たいわ》することは叶《かな》わない。

だから、切ないと宗太は思った。今の話も全部想像《そうぞう》に過ぎない。そうであってほしいと宗太が思っているだけかもしれない。

誰もが言葉をなくした中で、明人が呟《つぶや》くように言った。

「少しずつですが、学校に行けるようにがんばります」

誰も答えない。それでいいんだと宗太は思った。明人が言葉をかけたのは、きっと瑞希だから。

翌日《よくじつ》、抜け殻《がら》みたいな気持ちを持て余したまま、宗太は学校に行った。

もう、ここは日常に戻っている。

明るい笑い声も当たり前のように聞こえた。

HRが終わり、クラスメイトの大半《たいはん》が教室を出て行った。掃除が片付くと、もう残っているのは宗太だけになった。

自分の席に座り、宗太はぼんやりと前の席を見ていた。そこに瑞希が座ることはもうない。

同様に由佳里《ゆかり》の席もそうだ。教室の空白は、胸の空白そのもののように、宗太は感じていた。

いつか、埋まる日が来るのだろうか。

「まだ帰らないの？」

声だけで相手が誰かわかった。里見千歳《さとみちとせ》だ。

もうひとつ片付けなければならない案件《あんけん》があったのを宗太は思い出した。

事件に巻き込んでしまった千歳には色々と知られている。特課《とっか》のこと。それからムーンチャイルドのことも。顔を合わせるのは怖い。だが、逃げてばかりもいられない。

「里見もまだいたんだ」

「風紀委員《ふうき》があるから」

「そっか」

短い会話が途切《とぎ》れると、外から風がカーテンを揺らした。

千歳《ちとせ》が何か言いたそうにしているのを宗太《そうた》は感じた
「ねえ、柿崎《かきざき》さんって……」

千歳は途中《とちゅう》で言葉を呑み込んだ。ただ、じっと宗太を見ていた。

「やっぱり、なんでもない」

「……そうしてもらえると助かるよ」

今のやり取りだけでも、千歳に答えは伝わったはずだ。執行人《しっこうにん》の正体は一般には明かされていない。事件に巻き込まれて亡くなったと巴《ともえ》がクラスには説明している。

何も言わずに立ち去ろうとする千歳を、宗太は呼び止めた。

「あのさ、里見《さとみ》」

「なに？」

振り向かずに千歳は三歩離《はな》れて立ち止まった。

「いや……その……」

ムーンチャイルドの話題はどうにも持ち出しにくかった。怯《おび》えを含んだ目で千歳に見られるのは堪《た》えられそうにない。

「用がないなら、行くけど」

「前に、そう……去年のクリスマスのことだけど……」

嫌な話を避けるつもりが、最もしたくないところに自分から突っ込んでしまった。

「覚えてるけど、なに？」

「……理由、聞いてもいいか？」

何を言ってるんだと心の中で叫んでみたが今さら引っ込みがつかなかった。

とてもじゃないが、千歳を見られない。

「そういうこと、聞かないとわからないところが嫌なの」

「……それは絶望的な回答だな」

宗太は乾いた笑い声を上げた。笑わないと受け止められそうになかった。

「うそ」

「え？」

「今の、うそだよ」

「な……じゃあ、本当の理由は？」

宗太が千歳の背中を見つめた。千歳がゆっくりと振り向く。夕日を眩《まぶ》しそうにしていた。

「罰《ばつ》ゲームを理由に、告白してきたから」

「……そっか。そうなのか」

それもそうだと思って、宗太は俯《うつむ》いた。誰だってゲームの景品《けいひん》にされて気持ちがいいわけない。自分の立場に置き換えれば、それくらいのことわかってもいいはずだ。

けど、なら、他はよかったのだろうか。そう思って顔を上げたときには、千歳《ちとせ》はもう宗太《そうた》を見ていなかった。廊下の方を向いてしまっている。

「先週ね」

「え？」

「月乃宮《つきのみや》の駅前に、京都の甘味屋《かんみや》がオープンしたの」

「あ、ああ」

何の話かわからずに、宗太はただ頷《うなず》いた。

「そこに誘ってくれたら、今回のこと全部黙《だま》っててあげる」

「え？」

「週末、予定空《あ》けとくから」

「ちょっ、それって」

当然、宗太のおごりだろう。それはいい。けど、休日にふたりで出かけるというのはどうなのだろうか。それを人はデートと呼ぶことを宗太は知っていた。

「わ、私……もう帰るからっ」

千歳には珍しく早口にそう言うと、どこか慌《あわ》てた足取りで教室を出て行った。

「あ、おい、里見《さとみ》」

手を伸ばしてみても遅かった。仕方なく、出した手を宗太は頭に持っていき、がりがりと搔《か》いた。

ふう～と大きくため息を吐く。もう帰ろうと思った。

まずはひなたを迎えに行く必要がある。宗太が掃除をしている間、京《みやこ》のところに用があるとかで教室を出て行ってしまった。

生徒会室に行っても、京しかおらず、ひなたは屋上だと教えられた。京は何やら企《たくら》んでいるような笑《え》みを浮かべていた。それに見送られて、宗太は屋上に向かった。

屋上に出ると、少し冷たい風が宗太を包み込んだ。今はそれくらいで気持ちよかった。

フェンスに手をついて、ひなたは遠くの空を見上げていた。

「ひなた」

声をかけると、ひなたがゆっくりと振り向く。

宗太から見ると、夕日の中にひなたがいるみたいに見えた。はためく髪《かみ》が、きらきらと星空のように瞬《またた》いている。

「あ、あの、宗太さん！」

ひなたの声は緊張《きんちょう》して裏返《うらがえ》っていた。それに合わせて、周囲の空気も色を変える。宗太も、その中心に引きずり込まれた。妙《みょう》な圧力を感じた。

「ど、どうした？」

少し俯《うつむ》いたひなたが小さく深《しん》呼吸をしている。

頬《ほお》は朱色《しゅいろ》に染まっていた。それは夕日のせいではないように宗太《そうた》には思えた。

唇《くちびる》がかすかに震えている。

「わっ、わたし！　そっ、その！」

これと似た緊張感《きんちょう》を、いつだか宗太はこの屋上で味わったことがある。

京《みやこ》と下級生が一緒にいるのを目撃《もくげき》したときだ。

ただ、そのときは決定的に違っていた。

他人のやり取りを見ているわけではない。当事者のひとりに宗太自身《じしん》が置かれているのだ。

「このところ、少し胸のあたりがおかしくてですね……」

「ちょ、ちょっと待て、ひなた」

「京先輩《せんぱい》に相談してみてわかったんです！」

いっぱいいっぱいのひなたに、宗太の声は届かない。

「わっ、わたし！」

そこで大きくひなたが息を吸い込んだ。

それからの全《ぜん》世界に宣言するように、こう言った。

「宗太さんのこと、好きになっちゃったみたいです！」

ひたすらに純粋《じゅんすい》で、どこまでも真《ま》っ直《す》ぐな告白を、茜色《あかねいろ》の夕日だけが聞いていた。

あとがき

はじめましての方もいれば、お久しぶりですの方もおられるかと思います。

鴨志田《かもしだ》一《はじめ》です。

こうして、お目にかかれる機会にめぐまれました。

時折《ときおり》、何もしたくない日がやってきます。

白紙を文字で埋める気力もなければ、外に出掛けるのも億劫《おっくう》で、挙句《あげく》の果てに、息をするのも面倒《めんどう》くさい。

そんな日は「よし、今日は何もしないぞ」と朝から意気込《いきご》むわけですが、これが、まあ、大概《たいがい》の場合において、失敗に終わります。

実際《じっさい》問題、何もしないというのは、ものすご～く苦痛《くつう》なのです。

以前、知人から「お前はサメだ」と言われたことがあります。その心は「泳いでいないと死んでしまう」だそうです。いいんだか、悪いんだか、よくわからない表現ですね。

とは言ったものの、サメにも泳ぎたくない日はあるわけです。

そんな日はとりあえず、目も頭も明後日《あさって》の方向に向けて、ぼ～っとしてみます。

ですが、これが長続きしない。

すぐに退屈《たいくつ》に耐えられなくなり、何かしようと動き出します。

まずはＴＶを見る。見たい番組がなければ長時間はきついです。

本を読む。開いた時点で、やはり読むのが面倒だという気分になります。

ゲームをする。電源をオンして二秒後にはオフにしました。

何かを食べる。ひとりの場合、時間潰《つぶ》しには向いていません。

白紙の原稿《げんこう》と向き合おうとする。大前提《だいぜんてい》としてやる気がないので無理。いつまで経《た》っても白紙が目の前にあります。

友人に電話する。うん、これが一番有効《ゆうこう》です。特に話題がなくても、気心《きごころ》の知れた相手だと、案外《あんがい》長々としゃべることができるので。ただ、実りのない会話に付き合わされる犠牲《ぎせい》者がひとり出ます。なので、あまり使わないようにしています。人にはそれぞれ事情というものがありますから。

そんなこんなで、他にも色々試《ため》しながら、無駄《むだ》に一日が経過していくわけです。

というような今日《きょう》一日の様子《ようす》を書き記すことで、どうにかあとがきページを埋めることに成功したようです。成功と言っていいのかは、甚《はなは》だ疑問は残りますが……。この際、気にしないことにしましょう。

今回も担当《たんとう》編集の峯《みね》様には大変お世話《せわ》になりました。また、可愛《かわい》らしいイラストを描いてくださった葵《あおい》久美子《くみこ》様にも感謝しております。

そして、この本を手に取ってくださいましたすべての方へ、厚く御礼《おんれい》申し上げます。

二〇〇八年二月三日　鴨志田《かもしだ》一《はじめ》

◉鴨志田　一著作リスト

「神無き世界の英雄伝」（電撃文庫）
「神無き世界の英雄伝②」（同）
「神無き世界の英雄伝③」（同）

本書に対するご意見、ご感想をお寄せください。

■

あて先

〒160-8326 東京都新宿区西新宿4-34-7
アスキー・メディアワークス電撃文庫編集部
「鴨志田 一先生」係
「葵 久美子先生」係

■

電撃文庫

Kaguya

～月《つき》のウサギの銀《ぎん》の箱舟《はこぶね》～

鴨志田《かもしだ》 一《はじめ》

発　行　二〇〇八年四月　十　日　初版発行
二〇〇九年五月二十二日　五版発行

発行者　髙野　潔

発行所　株式会社アスキー・メディアワークス
〒一六〇-八三二六　東京都新宿区西新宿四-三十四-七
電話〇三-六八六六-七三一一（編集）

発売元　株式会社角川グループパブリッシング
〒一〇二-八一七七　東京都千代田区富士見二-十三-三
電話〇三-三二三八-八六〇五（営業）

装丁者　荻窪裕司（META＋MANIERA）

印刷・製本　加藤製版印刷株式会社

ISBN978-4-04-867014-2 C0193

電撃文庫創刊に際して

　文庫は、我が国にとどまらず、世界の書籍の流れのなかで〝小さな巨人〟としての地位を築いてきた。古今東西の名著を、廉価で手に入りやすい形で提供してきたからこそ、人は文庫を自分の師として、また青春の想い出として、語りついできたのである。

　その源を、文化的にはドイツのレクラム文庫に求めるにせよ、規模の上でイギリスのペンギンブックスに求めるにせよ、いま文庫は知識人の層の多様化に従って、ますますその意義を大きくしていると言ってよい。

　文庫出版の意味するものは、激動の現代のみならず将来にわたって、大きくなることはあっても、小さくなることはないだろう。

「電撃文庫」は、そのように多様化した対象に応え、歴史に耐えうる作品を収録するのはもちろん、新しい世紀を迎えるにあたって、既成の枠をこえる新鮮で強烈なアイ・オープナーたりたい。

　その特異さ故に、この存在は、かつて文庫がはじめて出版世界に登場したときと、同じ戸惑いを読書人に与えるかもしれない。

　しかし、〈Changing Time, Changing Publishing〉時代は変わって、出版も変わる。時を重ねるなかで、精神の糧として、心の一隅を占めるものとして、次なる文化の担い手の若者たちに確かな評価を得られると信じて、ここに「電撃文庫」を出版する。

1993年6月10日
角川歴彦

電撃文庫

Kaguya ～月のウサギの銀の箱舟～
鴨志田 一
イラスト／葵久美子
ISBN978－4－04－867014－2

〝自分の見ているものを他人に見せることができる〟という使い道のない超能力を持つ真田宗太。そんな彼が盲目の少女、立花ひなたと出会って……。

か-14-4 1583

神無き世界の英雄伝
鴨志田 一
イラスト／坂本みねぢ
ISBN978－4－8402－3919－6

大企業の御曹司ロイ・クローバーとコックのレン・エバンス。境遇のまるで異なる2人が、電子妖精に選ばれて提督となったとき……！ スペースオペラ開幕!!

か-14 -1 1463

神無き世界の英雄伝②
鴨志田 一
イラスト／坂本みねぢ
ISBN978－4－8402－4033－8

侵攻してきた軍神マスターズ率いる銀河連合統合軍。一方、天才レン・エバンスの過去が明らかになり、それを知ったネリーは……。スペースオペラ第2弾！

か-14-2 1504

神無き世界の英雄伝③
鴨志田 一
イラスト／坂本みねぢ
ISBN978－4－8402－4126－7

イージスの盾を攻略しなければ惑星ダリアは取り戻せない。絶対といわれる防御システムを前に、ロイとレンが選んだ奇策とは……？ 人気スペースオペラ第3弾！

か-14-3 1531

葉桜が来た夏
夏海公司
イラスト／森井しづき
ISBN978－4－04－867021－0

壁に囲まれた〝居留区〟に住む南方学は、アポストリと呼ばれる異星人の評議長の美しい姪と〝共棲〟することになるが——。近未来ボーイ・ミーツ・ガール。

な-12-1 1573

電撃文庫

θ《シータ》 11番ホームの妖精

藤真千歳
イラスト／くらぽん
ISBN978－4－04－867020－3

東京上空二二〇〇メートルにひっそりと浮かぶ東京駅11番ホーム。出会いと別れの交錯する場所。私たちはあなたのお帰りをいつまでもお待ちしています――

と-10-1 1584

世界平和は一家団欒のあとに

橋本和也
イラスト／さめだ小判
ISBN978－4－8402－3716－1

なぜか世界の危機を巡るトラブルに巻き込まれる星弓一家。長男の軋人は自らと世界と妹の危機に同時に直面するが――。第13回電撃小説大賞〈金賞〉受賞作！

は-9-1 1383

世界平和は一家団欒のあとに② 拝啓、悪の大首領さま

橋本和也
イラスト／さめだ小判
ISBN978－4－8402－3887－8

世界を危機から救う役割を負わされた星弓一家の長男軋人は、かつて倒した悪の組織の首領と再会するが――。第13回電撃小説大賞〈金賞〉受賞作、第2弾登場！

は-9-2 1447

世界平和は一家団欒のあとに③ 父、帰る

橋本和也
イラスト／さめだ小判
ISBN978－4－8402－3977－6

星弓一家の父、耕作が久しぶりに家に帰るという。時を同じくして、軋人は異世界からやってきた謎の女と出会うが――。キーワードは「もう一度勇者さま伝説」!?

は-9-3 1485

世界平和は一家団欒のあとに④ ディア・マイ・リトルリトル・シスター

橋本和也
イラスト／さめだ小判
ISBN978－4－04－867022－7

いつもクールな星弓家の長女、彩美がなぜか子供の姿に!? その原因を探り、元に戻すべく軋人は調査を開始するが――。世界と家族の平和のお話、第4弾。

は-9-4 1572

電撃文庫

七姫物語
高野 和
イラスト／尾谷おさむ

ISBN4−8402−2265−7

第9回電撃ゲーム小説大賞〈金賞〉受賞作。時代の流れに翻弄されながらも、自らの運命と真摯に向き合うひとりの少女の姿を描いた新感覚ストーリー。

た-15-1 0762

七姫物語 第二章 世界のかたち
高野 和
イラスト／尾谷おさむ

ISBN4−8402−2574−5

大ほら吹きで野心家のテンとトエに、一国の姫として担がれた少女カラスミ。彼女が見つめるのは、移ろいゆく世界の姿……。新感覚ストーリー第2弾!!

た-15-2 0886

七姫物語 第三章 姫影交差
高野 和
イラスト／尾谷おさむ

ISBN4−8402−3045−5

突然、一国の姫へと担がれた名もなき少女カラスミ。人々の思惑を背負いながらも、彼女はひたむきに自らの道を歩みつづける……。心に触れる、新感覚ストーリー。

た-15-3 1096

七姫物語 第四章 夏草話
高野 和
イラスト／尾谷おさむ

ISBN4−8402−3561−9

その少女が見つめるのは、うつろいゆく世界のかたち。その少女が想うのは、時代に流されまいと生きる人々。囁くように紡がれる新感覚ストーリー第4弾。

た-15-4 1325

七姫物語 第五章 東和の模様
高野 和
イラスト／尾谷おさむ

ISBN978−4−04−867018−0

一国の姫と担がれた名もなき少女カラスミ。ほかの姫たちとの出会い、国同士の争い、そしてともに歩む若き野心家たちを通して、彼女がいま想うものは……。

た-15-5 1578